Porta de colégio
e outras crônicas

PARA GOSTAR DE LER 16

Porta de colégio
e outras crônicas

AFFONSO ROMANO DE SANT'ANNA

Ilustrações
Roberto Negreiros

Porta de colégio e outras crônicas
© Affonso Romano de Sant'Anna, 1994

Diretor editorial	Fernando Paixão
Editora	Carmen Lucia Campos
Colaboração na redação de textos	Malu Rangel
Coordenadora de revisão	Ivany Picasso Batista
Revisora	Cátia de Almeida

ARTE

Editora	Suzana Laub
Editor assistente	Antonio Paulos
Criação do projeto original da coleção	Jiro Takahashi
Editoração eletrônica	Studio 3 Desenvolvimento Editorial
	Eduardo Rodrigues
Edição eletrônica de imagens	Cesar Wolf

CIP-BRASIL. CATALOGAÇÃO NA FONTE
SINDICATO NACIONAL DOS EDITORES DE LIVROS, RJ

S223p
7.ed.

Sant'Anna, Affonso Romano de, 1937-
    Porta de colégio e outras crônicas / Affonso Romano de Sant'Anna ; ilustrações Roberto Negreiros. - 7.ed. - São Paulo : Ática, 2002.
    128p. : il. (Para Gostar de Ler)

    Contém suplemento de leitura
    Inclui bibliografia
    ISBN 978-85-08-08318-3

    1. Literatura infantojuvenil. 2. Crônica brasileira. I. Negreiros, Roberto, 1955-. II. Título. III. Série.

10.2568   CDD: 028.5

ISBN 978 85 08 08318-3 (aluno)
ISBN 978 85 08 08319-0 (professor)

2022
7ª edição
21ª impressão
Impressão e acabamento: A.R. Fernandez

Todos os direitos reservados pela Editora Ática
Av. Otaviano Alves de Lima, 4400 – CEP 02909-900 – São Paulo, SP
Atendimento ao cliente: 4003-3061 – atendimento@atica.com.br
www.atica.com.br – www.atica.com.br/educacional

IMPORTANTE: Ao comprar um livro, você remunera e reconhece o trabalho do autor e o de muitos outros profissionais envolvidos na produção editorial e na comercialização das obras: editores, revisores, diagramadores, ilustradores, gráficos, divulgadores, distribuidores, livreiros, entre outros. Ajude-nos a combater a cópia ilegal! Ela gera desemprego, prejudica a difusão da cultura e encarece os livros que você compra.

EDITORA AFILIADA

Sumário

O cronista é um escritor crônico	7
Porta de colégio	11
Estorinha de Rubem Braga	14
Assaltos insólitos	17
Amor, o interminável aprendizado	21
Belafonte e Mister Ibidem	24
Quando as filhas mudam	27
Encontro com Bandeira	30
De que ri a Mona Lisa?	33
Da minha janela vejo	37
Quando se é jovem e forte	40
A ilusão do fim de semana	44
Perto e longe do poeta	48
Aquela menina às margens do Igarapé	51
O homem das palavras	54
Palavra final	57
"Meu amigo virou Deus"	58
O vestibular da vida	62
Homem olhando mulher	65
Apenas um tiroteio na madrugada	69
Daltônicos de todo mundo, uni-vos!	72
O comício de um homem só	76
Cumplicidade de mãe e filha	79
O pôr do sol no Peloponeso	83
O incêndio de cada um	86
O humor nos explica	90
Um homem, uma mulher	94
A dura vida do turista	98
O segundo verso da canção	102

O Brasil na estrada 106
Em território inimigo 109
Conselhos durante um terremoto 113

Conhecendo o autor 117

Referências bibliográficas 121

O cronista é um escritor crônico

Affonso Romano de Sant'Anna

O primeiro texto que publiquei em jornal foi uma crônica. Devia ter eu lá uns 16 ou 17 anos. E aí fui tomando gosto. Dos jornais de Juiz de Fora, passei para os jornais e revistas de Belo Horizonte e depois para a imprensa do Rio e de São Paulo. Fiz de tudo (ou quase tudo) em jornal: de repórter policial a crítico literário. Mas foi somente quando me chamaram para substituir Drummond no *Jornal do Brasil*, em 1984, que passei a fazer crônica sistematicamente. Virei um escritor crônico.

O que é um cronista?

Luís Fernando Veríssimo diz que o cronista é como uma galinha, bota seu ovo regularmente. Carlos Eduardo Novaes diz que crônicas são como laranjas, podem ser doces ou azedas e ser consumidas em gomos ou pedaços na poltrona da casa, ou espremidas nas salas de aula.

Já andei dizendo que o cronista é um estilita. Não confundam, por enquanto, com estilista. Estilita era o santo que ficava anos e anos em cima de uma coluna, no deserto, meditando e pregando. São Simeão passou trinta anos assim, exposto ao sol e à chuva. Claro que de tanto purificar seu estilo diariamente o cronista estilita acaba virando um estilista.

O cronista é isso: fica pregando lá de cima de sua coluna no jornal. Por isto, há uma certa confusão entre colunista e cronista, assim como há outra confusão entre articulista e cronista. O articulista escreve textos expositivos e defende temas e ideias. O cronista é o mais livre dos redatores de um jornal. Ele pode ser subjetivo. Pode (e deve) falar na primeira pessoa sem envergonhar-se. Se "eu", como o do poeta, é um eu de utilidade pública.

Que tipo de crônicas escrevo? De vários tipos. Conto casos, faço descrições, anoto momentos líricos, faço críticas sociais. Uma das funções da crônica é interferir no cotidiano. Claro que essas que interferem mais cruamente em assuntos momentosos tendem a perder sua atualidade quando publicadas em livro. Não tem importância. O cronista é crônico, ligado ao tempo, deve estar encharcado, doente de seu tempo e ao mesmo tempo pairar acima dele.

Porta de colégio

e outras crônicas

Porta de colégio

Passando pela porta de um colégio, me veio uma sensação nítida de que aquilo era a porta da própria vida. Banal, direis. Mas a sensação era tocante. Por isto, parei, como se precisasse ver melhor o que via e previa.

Primeiro há uma diferença de clima entre aquele bando de adolescentes espalhados pela calçada, sentados sobre carros, em torno de carrocinhas de doces e refrigerantes, e aqueles que transitam pela rua. Não é só o uniforme. Não é só a idade. É toda uma atmosfera, como se estivessem ainda dentro de uma redoma ou aquário, numa bolha, resguardados do mundo. Talvez não estejam. Vários já sofreram a pancada da separação dos pais. Aprenderam que a vida é também um exercício de separação. Um ou outro já transou droga, e com isto deve ter se sentido (equivocadamente) muito adulto. Mas há uma sensação de pureza angelical misturada com palpitação sexual, que se exibe nos gestos sedutores dos adolescentes. Ouvem-se gritos e risos cruzando a rua. Aqui e ali um casal de colegiais, abraçados, completamente dedicados ao beijo. Beijar em público: um dos ritos de quem assume o corpo e a idade. Treino para beijar o namorado na frente dos pais e da vida, como quem diz: também tenho desejos, veja como sei deslizar carícias.

Onde estarão esses meninos e meninas dentro de dez ou vinte anos?

Aquele ali, moreno, de cabelos longos corridos, que parece gostar de esportes, vai se interessar pela informática ou economia; aquela de cabelos loiros e crespos vai ser dona de butique; aquela morena de cabelos lisos quer ser médica; a gorduchinha vai acabar casando com um gerente de multinacional; aquela esguia, meio bailarina, achará um diplomata. Algumas estudarão Letras, se casarão, largarão tudo e passarão parte do dia levando filhos à praia e praça e pegando-os de novo à tardinha no colégio. Sim, aquela quer ser professora de ginástica. Mas nem todos têm certeza sobre o que serão. Na hora do vestibular resolvem. Têm tempo. É isso. Têm tempo. Estão na porta da vida e podem brincar.

Aquela menina morena magrinha, com aparelho nos dentes, ainda vai engordar e ouvir muito elogio às suas pernas. Aquela de rabo de cavalo dentro de dez anos se apaixonará por um homem casado. Não saberá exatamente como tudo começou. De repente, percebeu que o estava esperando no lugar onde passava na praia. E o dia em que foi com ele ao motel pela primeira vez ficará vivo na memória.

É desagradável, mas aquele ali dará um desfalque na empresa em que será gerente. O outro irá fazer doutorado no exterior, se casará com estrangeira, descasará, deixará lá um filho — remorso constante. Às vezes lhe mandará passagens para passar o Natal com a família brasileira.

A turma já perdeu um colega num desastre de carro. É terrível, mas provavelmente um outro ficará pelas rodovias. Aquele que vai tocar rock vários anos até arranjar um emprego em repartição pública. O homossexualismo despontará mais tarde naquele outro, espantosamente, logo nele que é já um don juan. Tão desinibido aquele, acabará líder comunitário e talvez político. Daqui a dez anos os outros dirão: ele sempre teve jeito, não lembra aquela mania de reunião e diretório? Aquelas duas ali se escolherão madrinhas de seus filhos e morarão no mesmo bairro, uma casada com engenheiro da Petrobrás e outra com um físico nuclear. Um dia, uma dirá à outra no telefone: tenho uma coisa para lhe contar: arranjei um amante. Aconteceu. Assim, de repente. E o mais curioso é que continuo a gostar do meu marido.

Se fosse haver alguma ditadura no futuro, aquele ali seria guerrilheiro. Mas esta hipótese deve ser descartada.

Quem estará naquele avião acidentado? Quem construirá uma linda mansão e um dia convidará a todos da turma para uma grande festa rememorativa? Ah, o primeiro aborto! Aquela ali descobrirá os textos de Clarice Lispector e isto será uma iluminação para toda a vida. Quantos aparecerão na primeira página do jornal? Qual será o tranquilo comerciante e quem representará o país na ONU?

Estou olhando aquele bando de adolescentes com evidente ternura. Pudesse passava a mão nos seus cabelos e contava-lhes as últimas estórias da carochinha antes que o lobo feroz os assaltasse na esquina. Pudesse lhes diria daqui: aproveitem enquanto estão no aquário e na redoma, enquanto estão na porta da vida e do colégio. O destino também passa por aí. E a gente pode às vezes modificá-lo.

9.4.1989

Estorinha de Rubem Braga

Rubem Braga não era de falar muito. Em geral, pontuava as conversas alheias com observações precisas e irônicas, feitas com a cara mais séria do mundo.

Mas, vez por outra, punha-se a falar. Era raro, mas punha-se a falar sequencialmente, sobretudo quando tinha uma estória a contar.

Estávamos num bar com Moacyr Werneck de Castro, Doc Comparato e Ziraldo, quando o velho Braga começou a narrar essa insólita estória de amor.

Vivia ele lá em Cachoeiro do Itapemirim. E entre as professoras que teve na escola primária, uma, sobretudo, ficou para sempre em sua memória.

Vamos chamá-la de Violeta Tímida. Não que esse não fosse o seu nome. Era mais que isto, era o seu pseudônimo. E nós sabemos que o pseudônimo escolhido pode revelar muito mais que o nome imposto a uma pessoa. O pseudônimo expressa a alma.

Pois dona Violeta, a Tímida, porque era tímida e tinha a delicadeza da violeta, cansada de esperar pelo príncipe que viesse num corcel branco para arrebatá-la em seus braços, resolveu tomar uma atitude prática.

O que era atitude prática naquele tempo em que a moça tinha que pescar namorado e marido passivamente da janela de sua casa ou na saída da missa?

A atitude mais ousada era arranjar um correspondente. Uma pessoa de longe, descoberta numa dessas seções tipo "Corações solitários", que as revistas publicavam. Era tudo muito romântico, mas também funcionava. Funcionava talvez mais do que as seções das revistas e jornais que hoje articulam encontros de amantes, revelando logo as medidas físicas de cada um e as pirotecnias que sabem fazer na cama. Naquele tempo o amor era espiritual e começava de longe. Trabalhava-se primeiro a aproximação das almas e, depois, a dos corpos.

Violeta Tímida botou seu nome no *Jornal das Moças*, re-velando que estava desejosa para corresponder-se com um cavalheiro de tais e tais qualidades. E apareceu-lhe um.

Era um moço lá de Blumenau. E começaram a se corresponder. Em pouco tempo a cidade sabia que a professora Violeta estava se correspondendo seriamente com um rapaz do Sul. E carta vai, carta vem, a relação foi ficando séria. Evidentemente já haviam trocado retratos. Feitas as primeiras aproximações puramente sentimentais, era hora de o corpo começar a aparecer.

Violeta Tímida julgou que seria melhor apresentar um retrato à altura de sua alma. Pediu ao fotógrafo para retocar aqui e ali a sua foto. Não podia decepcionar o candidato.

Como naquele tempo casamento era um ritual bem mais complexo e como morassem os noivos um longe do outro, os padrinhos começaram a servir de intermediários. Eram eles um deputado de Cachoeiro do Itapemirim, terra da noiva, e outro deputado de Blumenau, terra do noivo. O namoro, então, prosseguia não apenas através das cartas, mas através dos dois parlamentares.

Mas o amor era tanto, que o noivo do Sul, antes de casar, foi conhecer a noiva em pessoa. Aí, o choque, a grande decepção. Descobriu que o original não combinava muito com a foto que recebera e resolveu cancelar tudo.

Imagine-se o trauma para a tímida alma de Violeta.

Mas o deputado padrinho da noiva não se conformou. Foi atrás do noivo e lhe disse:

— Que estória é essa que o senhor não quer mais se casar com dona Violeta? Ela não pode ficar lá em Cachoeiro desonrada desse jeito. Ou casa ou leva bala.

O rapaz do Sul apressou-se logo a dizer que tinha havido um mal-entendido, que, ao contrário, estava até desejoso de se casar.

Mas o deputado, acostumado às mumunhas dos acordos políticos, foi logo adiantando:

— Falar não basta. Quero ver isto dito lá na igreja. E tem o seguinte, se no altar quiser voltar atrás, também leva bala.

O resultado foi que se casaram. Casaram-se na terra do noivo.

Mas depois de casados, o deputado ainda disse:

— Agora temos que ir para o Espírito Santo, porque a moça não pode chegar lá assim, tem que haver festa e tudo mais.

Resultado: trinta anos depois, Rubem Braga encontrou a sua ex-professora numa cidade do Sul. Era uma bela e sólida senhora, felicíssima. Até mais bonita.

O casamento tinha dado certo. Casaram-se e foram felizes para sempre.

5.5.1991

Assaltos insólitos

Assalto não tem graça nenhuma, mas alguns, contados depois, até que são engraçados. É igual a certos incidentes de viagem, que quando acontecem deixam a gente aborrecidíssimo, mas depois, narrados aos amigos num jantar, passam a ter um sabor de anedota.

1. Uma vez me contaram de um cidadão que foi assaltado em sua casa. Até aí, nada demais. Tem gente que é assaltada na rua, no ônibus, no escritório, até dentro de igrejas e hospitais, mas muitos o são na própria casa. O que não diminui o desconforto da situação.

Pois lá estava o dito-cujo em sua casa, mas vestido em roupa de trabalho, pois resolvera dar uma pintura na garagem e na cozinha. As crianças haviam saído com a mulher para fazer compras e o marido se entregava a essa terapêutica atividade, quando, da garagem, vê adentrar pelo jardim dois indivíduos suspeitos.

Mal teve tempo de tomar uma atitude e já ouvia:

— É um assalto, fica quieto senão leva chumbo.

Ele já se preparava para toda sorte de tragédias quando um dos ladrões pergunta:

— Cadê o patrão?

Num rasgo de criatividade, respondeu:

— Saiu, foi com a família ao mercado, mas já volta.

— Então, vamos lá dentro, mostre tudo.

Fingindo-se, então, de empregado de si mesmo, e ao mesmo tempo para livrar sua cara, começou a dizer:

— Se quiserem levar, podem levar tudo, estou me lixando, não gosto desse patrão. Paga mal, é um pão-duro. Por que não levam aquele rádio ali? Olha, se eu fosse vocês levava aquele som também. Na cozinha tem uma batedeira ótima da patroa. Não querem uns discos? Dinheiro não tem, pois ouvi dizerem que botam tudo no banco, mas ali dentro do armário tem uma porção de caixas de bombons, que o patrão é tarado por bombom.

Os ladrões recolheram tudo o que o falso empregado indicou e saíram apressados.

Daí a pouco chegavam a mulher e os filhos.

Sentado na sala, o marido ria, ria, tanto nervoso quanto aliviado do próprio assalto que ajudara a fazer contra si mesmo.

2. No ônibus irrompe, de repente, um grupo de três pivetes que começam a colher das pessoas dinheiro, brincos, pulseiras e relógios. É tudo, como sempre, muito rápido, mas na hora parece uma eternidade.

Aí passam por uma mulata e lhe pedem o dinheiro da bolsa. Ela diz que só tem quinhentos cruzeiros. O ladrão, num rasgo de generosidade, lhe diz:

— Pode ficar, você está pior do que eu.

Outro assaltante, no entanto, adverte:

— Tira os brincos dela.

— Devem ser de lata — diz o ladrão.

Insultada, e colocando-se em brios, a mulata começa a desatarraxar os brincos e diz injuriada:

— Olha aqui, são de ouro, ouviu? Ganhei de minha sobrinha que veio de Salvador.

E jogou os brincos na sacola do ladrão.

3. Uma amiga ia encostando seu carro na esquina da Farme de Amoedo. Um tipo com ar desses que tomam conta de carro na rua começou a ajudar para que ela estacionasse o veículo.

O carro no lugar, ela desliga a chave, mas na hora em que ia abrir a porta, percebeu que o guardador do carro dificultava a sua saída. Não era um guardador de carro, era um ladrão. E o pior, usava para o assalto uma arma jamais vista nessas situações.

Abriu um jornal cheio de merda e disse:

— Se não passar a grana, lambuzo a senhora toda.

Ela não teve alternativa. Ainda sentada ao volante abriu a carteira e tirou várias notas e deu ao assaltante, parecendo aos demais que apenas adiantava o pagamento do estacionamento.

4. Lá ia pelo calçadão de Copacabana uma jovem senhora para a sua caminhada matinal. Ia de bermuda, com o seu cachorrinho branco na coleira e com uma bela blusa que havia comprado numa liquidação na véspera.

Vai andando, desviando-se de uma bicicleta ou outra, passando por um ginasta ou outro, quando vê caminhando em sua direção duas bichas dengosas, que com um jeito íntimo lhe dirigem a palavra:

— Bonita blusa, queridinha!

Ela já ia sorrir agradecendo o elogio quando as duas bichas, já convertidas em ladrões, mas ainda sorrindo, dizem:

— Quer me dar essa blusa?

Claro que ela não queria. Mas mostraram-lhe uma arma e tornaram a exigir a blusa.

— Mas estou sem sutiã, vou ficar nua! — ponderou a vítima.

— Ora, queridinha, vista-se com o seu cachorro.

E assim foi. Dada a blusa, a jovem senhora afastou-se abraçada ao seu cãozinho branco e peludo que lhe cobria os seios na luminosa manhã de Copacabana.

2.10.1991

Amor, o interminável aprendizado

Criança, pensava: amor, coisa que os adultos sabem. Via-os aos pares namorando nos portões enluarados se entrebuscando numa aflição feliz de mãos na folhagem das anáguas. Via-os noivos se comprometendo à luz da sala ante a família, ante as mobílias; via-os casados, um ancorado no corpo do outro, e pensava: amor, coisa-para-depois, um depois-adulto-aprendizado.

Se enganava.

Se enganava porque o aprendizado do amor não tem começo nem é privilégio aos adultos reservado. Sim, o amor é um interminável aprendizado.

Por isto se enganava enquanto olhava com os colegas, de dentro dos arbustos do jardim, os casais que nos portões se amavam. Sim, se pesquisavam numa prospecção de veios e grutas, num desdobramento de noturnos mapas seguindo o astrolábio dos luares, mas nem por isto se encontravam. E quando algum amante desaparecia ou se afastava, não era porque estava saciado. Isto aprenderia depois. É que fora buscar outro amor, a busca recomeçara, pois a fome de amor não sacia nunca, como ali já não se saciara.

De fato, reparando nos vizinhos, podia observar. Mesmo os casados, atrás da aparente tranquilidade, continuavam inquietos. Alguns eram mais indiscretos. A vizinha casada deu para namorar. Aquele que era um crente fiel sempre na igreja, um dia jogou tudo para cima e amigou-se com uma jovem. E a mulher que morava em frente da farmácia, tão doméstica e feliz, de repente fugiu com um boêmio, largando marido e filhos.

Então, constatou, de novo se enganara. Os adultos, mesmo os casados, embora pareçam um porto onde as naus já atracaram, os adultos, mesmo os casados, que parecem arbustos cujas raízes já se entrançaram, eles também não sabem, estão no meio da viagem e só eles sabem quantas tempestades enfrentaram e quantas vezes naufragaram.

Depois de folhear um, dez, centenas de corpos avulsos tentando o amor verbalizar, entrou numa biblioteca. Ali estavam as grandes paixões. Os poetas e novelistas deveriam saber das coisas. Julietas se debruçavam apunhaladas sobre o corpo morto dos Romeus. Tristãos e Isoldas tomavam o filtro do amor e ficavam condenados à traição daqueles que mais amavam e sem poderem realizar o amor.

O amor se procurava. E se encontrando, desesperava, se afastava, desencontrava.

Então, pensou: há o amor, há o desejo e há a paixão.

O desejo é assim: quer imediata e pronta realização. É indistinto. Por alguém que, de repente, se ilumina nas taças de uma festa, por alguém que de repente dobra a perna de uma maneira irresistivelmente feminina.

Já a paixão é outra coisa. O desejo não é nada pessoal. A paixão é um vendaval. Funde um no outro, é egoísta e, em muitos casos, fatal.

O amor soma desejo e paixão, é a arte das artes, é arte-final.

Mas reparou: amor às vezes coincide com a paixão, às vezes não.

Amor às vezes coincide com o desejo, às vezes não.

Amor às vezes coincide com o casamento, às vezes não.

E mais complicado ainda: amor às vezes coincide com o amor, às vezes não.

Absurdo.

Como pode o amor não coincidir consigo mesmo?

Adolescente amava de um jeito. Adulto amava melhormente de outro. Quando viesse a velhice, como amaria finalmente? Há um amar dos vinte, um amor dos cinquenta e outro dos oitenta? Coisa de demente.

Não era só a estória e as estórias do seu amor. Na história universal do amor, amou-se sempre diferentemente, embora parecesse ser sempre o mesmo amor de antigamente.

Estava sempre perplexo. Olhava para os outros, olhava para si mesmo ensimesmado.

Não havia jeito. O amor era o mesmo e sempre diferenciado.

O amor se aprendia sempre, mas do amor não terminava nunca o aprendizado.

Optou por aceitar a sua ignorância.

Em matéria de amor, escolar, era um repetente conformado.

E na escola do amor declarou-se eternamente matriculado.

12.6.1988

Belafonte e Mister Ibidem

Olhem que estorinha mais comovente narrada por Harry Belafonte num documentário sobre sua vida feito em Cuba quando ele lá esteve.

Quando garoto, no Harlem, não tinha uma vida diferente dos outros garotos pobres. Sua mãe trabalhava heroicamente e ele mesmo livrava algum levando daqui para ali listas com resultado do jogo. Isto lhe dava uma sensação ambígua. Ao mesmo tempo em que se sentia útil ganhando algum dinheiro, também tinha um secreto prazer de transgredir a lei. Sentia-se, como os negros, ao mesmo tempo dentro e fora da sociedade.

Sua vida passou por uma mudança súbita quando entrou para o Exército. Chegou às suas mãos um livro escrito por um famoso lutador de boxe negro. Ficou imediatamente seduzido pelas palavras do autor e pelas suas ideias. Pela primeira vez teve noção de que os negros também podiam ter uma certa dignidade diante da vida. Ia lendo e se maravilhando. O autor contava suas experiências pessoais para sobreviver na sociedade controlada pelos brancos, mas, ao mesmo tempo, despertava uma consciência de luta. Aquilo tudo era novo para Belafonte. Falar dessas coisas ainda não era permitido, como nos anos 60, abertamente.

Lendo o livro, deu-se conta de algo curioso. No meio das frases, às vezes aparecia um número. Um número em cima de certas palavras. Achava aquilo estranho, mas não tinha coragem de perguntar aos seus colegas de armas sobre o significado de tais números. Ia lendo, e, de repente, surgia aquele número lá em cima.

É claro que acabou descobrindo que havia uma relação entre esses números e uma série de observações que vinham no pé da página. Às vezes era algum comentário, outras vezes apenas a indicação de um livro.

Então ele pensou: se esse homem que é tão importante está citando esses livros e esses autores, é sinal que esses autores e livros também são importantes.

Não teve dúvidas. Anotou todos aqueles autores de livros e resolveu também lê-los. Foi assim fazendo a sua bibliotecazinha particular.

Belafonte, no entanto, notou uma outra coisa intrigante nas leituras que fazia. Entre os muitos autores citados pelo seu ídolo, havia um tal de Ibidem.

Pensou: esse Ibidem deve ser realmente muito importante, pois aparece em quase todas as páginas. E se ele é o mais citado, é esse o autor que devo ler com mais cuidado e carinho.

Quando regressou da guerra, resolveu então comprar todos os livros que encontrasse desse senhor Ibidem. Além do mais, pela legislação americana, os que foram para a guerra (e especialmente os negros) teriam acesso à universidade sem nenhuma outra exigência. Era uma forma de o sistema pagar seus remorsos e gratificar seus defensores.

O que fez, então, o nosso Belafonte?

Não teve dúvidas. Numa das primeiras manhãs em Nova York começou a percorrer as livrarias procurando livros do seu autor favorito: o senhor Ibidem.

Entrava nas lojas meio sem jeito, começava a fuçar daqui e dali e nada. Passava das estantes de história para as estantes de psicologia e depois para as de filosofia e artes e nada.

Procurava, procurava e não dava com nenhum livro assinado pelo tal Mr. Ibidem.

Vencendo o natural constrangimento do negro na sociedade dos brancos, ousou perguntar a uma velhinha, que trabalhava numa dessas livrarias, se ela tinha livros de um escritor chamado Ibidem. Ela lhe disse que tal escritor não existia. Ele, furioso, chamou-a de racista, acusou-a de sonegar-lhe informação porque era preto. Brigou e saiu.

Contando isto aos amigos, eles caíram na sua pele e lhe explicaram que ibidem não era autor, era uma informação nas notas dos livros significando: do mesmo autor, da mesma obra. Arrependido, voltou correndo à livraria para se desculpar com a velhinha. E ela não estava mais lá. Abandonara o emprego. Seguramente por minha causa, concluiu Belafonte, cheio de remorsos.

Quando as filhas mudam

Um dia elas crescem e se mudam, as filhas. Os filhos também. Mas com as filhas é diferente. Sobretudo se vão morar sozinhas, solteiras.

Há uma geração atrás, isto era impensável. Aparecia em filme americano, e a gente pensava: lá, tudo bem, a cultura deles é assim.

Agora isto já apareceu até em novela de televisão aqui. E era uma situação meio ousada até, pois a moça dividia o apartamento com um rapaz sem que ele fosse seu namorado. Eram apenas amigos, dividiam os gastos, tinham lá seus amores separados e coabitavam como dois irmãos.

No entanto, filha sair de casa para ir, solteira, morar sozinha, é um ritual delicadíssimo.

Hoje os pais já compreendem que isto faz parte do crescimento da adolescente. As pessoas já não saem mais de casa para, necessariamente, se casar, senão para viver a própria vida. E essa saída é bem diferente do que era quando a moça só saía da proteção do pai para a do noivo. Naquele tempo o processo de desligamento, ou doação da filha ao mundo, era longo e progressivo. Primeiro o flerte, o namoro, o namoro no portão, o namoro na sala, o noivado e, enfim, as bodas. E assim iam todos se preparando gradativamente para a meiose da família.

Hoje a garota adolescente se libera sexualmente mais cedo e começa a pensar na profissão sem que o casamento seja a finalidade última de sua vida. Os pais tiveram que se adaptar a isto. Mas ir morar sozinha também é um ritual. E um ritual delicadíssimo. A menina adolescente que nas horas de birra virava-se para a família e alertava, "um dia vou morar sozinha", "um dia saio dessa casa!", de repente vê-se com o pé na soleira para sair do abrigo. E aí estremece e pode até chorar. Porque já não quer sair. Agora que pode e prepara-se para sair, não quer, embora queira (e deva) sair. Parece um passarinho na boca do ninho. Põe a cabecinha para fora, olha para cá, para lá, quer dar seu voo inaugural, mas ainda vacila.

No seu quarto, sozinha, olha seus móveis, a segurança da casa dos pais e fica triste como se estivesse num navio que se afasta do cais.

É possível que tenha escrito algumas palavras sentidas no seu diário.

Certamente falou disto para as amigas ao telefone e no bar. Com elas talvez tenha revelado só a parte corajosa e adulta de seu gesto.

Falou também para o analista. Com ele "elaborou" a saída, a perda.

Os pais também, entre eles, fizeram esse exercício de separação. Sozinhos, conversando no banheiro, no quarto ou no carro rumo à casa de campo, repassaram a situação da filha. Vão sentir falta. Imaginam o quarto vazio, a ausência dos ruídos. Cada filho tem seus gestos e ruídos próprios. O modo de abrir a porta, a televisão ligada alto, as músicas no quarto, o telefone insistente dos amigos chamando para festas.

Se os pais facilitarem, vão começar a chorar. Pois, afinal, viram aquela criaturinha crescer em meio a fraldas, baldes de areia na praia, maternal, lápis de cor, primeira bicicleta, brinquedos no playground, o deslumbramento na Disneylândia, as peças infantis, os desenhos animados, as festas de aniversário com brigadeiro, bolas de soprar... e, de repente, lá se vai a menina, se dizendo adulta, morar sozinha.

É delicado. Delicadíssimo.

A filha olha a irmã ou irmão menor e recrudesce no ciúme final: vai deixar os pais inteiramente para ele ou ela. Vacila. Se arrepende de ter querido mudar. Está se sentindo órfã.

Pai e mãe percebem e um ou outro fala com ela, acaricia-a dizendo: "Se você quiser não precisa ir, pode ficar o quanto quiser". Mas a filha sabe que tem que ir e se diz: "tenho que ir", "tenho que crescer" e olha as malas prontas.

Na verdade, é aconselhável que a mudança seja lenta. Não há pressa. Não adianta pensar: tenho que fazer isto rápido para não sentir muita dor. É melhor ir devagar, descobrindo o próprio ritmo da mudança. É como certos amores que devem se desfazer. Os amantes têm que ter uma delicada perícia para não sangrarem além do suportável.

Por isto, é bom que os pais participem desse ritual com igual delicadeza, que saiam de vez em quando com a filha e comprem um objeto aqui, outro ali e o façam em companhia da que se mudará. É bom que juntos visitem o apartamento que abrigará a filha, que coloquem ali alguma ternura além dos móveis. Se puderem pintar juntos alguma coisa, consertar, montar, isto terá o sabor da construção e ajudará no rito de passagem.

Os filhos crescem. E os pais também. Essa separação não é perda, é desdobramento. Como as árvores que necessitam de distância para poder expandir seus galhos sem se engalfinhar num emaranhado de ramos e raízes que acabam enfraquecendo-se mutuamente, filhos necessitam se afastar para ter a real dimensão de si mesmos e de seus pais.

E à distância, paradoxalmente, podem acabar se sentindo mais ligados e amados do que nunca. São ciclos da vida. E cada ciclo deve ser vivido intensamente. As mudanças, embora difíceis, quando assumidas sadiamente, são um momento de enriquecimento da vida.

5.4.1992

Encontro com Bandeira

Eu tinha uns 17 anos. E Manuel Bandeira era, então, considerado o maior poeta do país. E com 17 anos é não só desculpável, mas aconselhável que as pessoas façam a catarse de seus sentimentos em forma de versos. Os reincidentes, é claro, continuam vida afora e podem pelos versos chegar à poesia.

Morando numa cidade do interior, eu olhava o Rio de Janeiro onde resplandecia a glória literária de alguns mitos daquela época. Então fiz como muito adolescente faz: juntei os meus versos, saí com eles debaixo do braço e fui mostrá-los a Bandeira e Drummond.

Toda vez que, hoje em dia, algum poeta iniciante me procura, me lembro do que se passou comigo em relação a Manuel Bandeira. Para alguns tenho narrado o fato como algo, talvez, pedagógico. Se todo autor quer ver sua obra lida e divulgada, o jovem tem uma ansiedade específica. Ele não dispõe de editoras, e, ainda ninguém, precisa do aval do outro para se entender. E espera que o outro lhe abra o caminho e reconheça seu talento.

Ser jovem é muito dificultoso.

O fato foi que meu irmão Carlos, no Rio, conseguiu um encontro nosso com Bandeira. E um dia desembarco nesta cidade pela primeira vez, pela primeira vez vendo o mar, pela primeira vez cara a cara com os poetões da época.

Encurtarei a estória. De repente, estou subindo num elevador ali na Av. Beira-Mar, onde morava Bandeira. Eu havia trazido um livro com centenas de poemas, que um amigo encadernou. Naquela época escrevia muito, trezentos e tantos poemas por ano. E não entendia por que Bandeira ou Drummond levavam cinco anos para publicar um livrinho com quarenta e tantos poeminhas. A necessidade de escrever era tal, que dormia com papel e lápis ao lado da cama ou, às vezes, com a própria máquina de escrever. Assim, quando a poesia baixava nos lençóis adolescentes, bastava pôr os braços para fora e registrar. E assim podia dormir aliviado.

Mas o poeta havia pedido aos intermediários que eu fizesse uma seleção dos textos. O que era justo. E Bandeira tinha sempre uma exigência: o estreante deveria trazer algum poema com rima e métrica, um soneto, por exemplo. Era uma maneira de ver se o candidato havia feito opção pelo verso livre por incompetência ou com conhecimento de causa.

Abriu-se a porta do apartamento. Eu nunca tinha estado em apartamento de escritor. A rigor não posso nem garantir se havia visto algum escritor de verdade assim tão perto. E não estava em condições emocionais de reparar em nada. Fingia uma tensa naturalidade mineira. O irmão mais velho ali ao lado para garantir.

A conversa foi curta. Tudo não deve ter passado de dez ou quinze minutos. Me lembro que Bandeira estava preparando um café ou chá e nos ofereceu. Havia uma outra pessoa, um vulto cinza por ali, com o qual conversava quando chegamos. Bandeira se levantava de vez em quando para pegar uma coisa ou outra. E tossia. Tossia, talvez já profissionalmente, como tuberculoso convicto.

Lá pelas tantas, ele disse: pode deixar aí os seus versos. Não precisa deixar todos, escolha os melhores. Vou ler. Se não forem bons, eu digo, hein?!

— Claro, é isso que eu quero — respondi juvenilmente, certo de que ele ia acabar gostando.

Voltei para Juiz de Fora. Acho que não esperava que o poeta respondesse. Um dia chega uma carta. Envelope fino, papel de seda, umas dez linhas. Começava assim: "Achei muito ruins os teus versos". A seguir citava uns três poemas melhores e os versos finais do "Poema aos poemas que ainda não foram escritos". Oh! gratificação! ele copiara com sua letra aqueles versos: "saber que os poemas que ainda não foram escritos/ virão como o parente longínquo,/ como a noite/ e como a morte".

Não fiquei triste ou chocado com sua crítica sincera. Olhei as bananeiras do quintal vizinho com um certo suspiro esperançoso. Levantei-me, saí andando pela casa, com um ar de parvo feliz. Eu havia feito quatro versos que agradaram ao poeta grande.

A poesia, então, era possível.

20.4.1986

De que ri a Mona Lisa?

Estou na Sala Da Vinci, no Louvre. Aqui penetrei encaminhado por uma seta que dizia "Sala Da Vinci". É como se fosse uma indicação para uma grande avenida no trânsito de uma cidade. Não que a seta seja apelativa ou extraordinária. Mas reconheço que nela está escrito implicitamente algo mais. É como se sob aquelas letras estivesse inscrito: "Preparem o seu coração para um encontro histórico com a Gioconda e seu indecifrável sorriso". E tanto é assim que as pessoas desembocam nesta sala e estacionam diante de um único quadro — o da Mona Lisa.

Do lado esquerdo da Gioconda, dezesseis quadros de renascentistas de primeiro time. Do lado direito, dez quadros de Rafael, Andrea del Sarto e outros. E na frente, mais dez Ticianos, além de Veroneses, Tintorettos e vários outros quadros do próprio Da Vinci.

Mas não adianta, ninguém os olha.

Estou fascinado com este ritual. E escandalizado com o que a informação dirigida faz com a gente. Agora, por exemplo, acabou de acorrer aos pés da Mona Lisa um grupo de japoneses: caladinhos, comportadinhos, agrupadinhos diante do quadro. A guia fala-fala-fala e eles tiram-tiram-tiram fotos num plic-plic-plic de câmeras sem flash. Sim, que é proibido foto com flash, conforme está desenhado num cartaz para qualquer um entender.

E lá se foram os japoneses. A guia os arrastou para fora da sala e não os deixou ver nenhum outro quadro. E assim

pessoas vão chegando sem se dar conta de que sobre a porta de entrada há um gigantesco Veronese, *Bodas de Caná*. É singularíssimo, porque o veneziano misturou a festa de Caná com a "última ceia". Cristo está lá no meio da mesa, num cenário greco-romano. O pintor colocou a escravaria no plano superior da tela e ali há uma festança com a presença até de animais.

Entrou agora na sala outro grupo. São espanhóis e italianos. "Veja só os olhos dela", diz um à sua esposa, exibindo o original senso crítico. "De qualquer lado que se olha, ela nos olha", diz outro parecendo ainda mais esperto. "Mas, que sorriso!", acrescenta outro ainda. E se vão.

Ao lado esquerdo da Mona Lisa reencontro-me com dois quadros de Da Vinci. Mas como as pessoas não foram treinadas para se extasiar diante deles, são deixados inteiramente para mim. São *A Virgem dos Rochedos* e *São João Batista*. Este último me intriga particularmente. É que este São João assim andrógino tem uma graça especial. E mais: tem o rosto muito semelhante ao de Santa Ana, do quadro *Santa Ana, a Virgem e o Menino*, no qual Freud andou vendo coisas tão fantásticas, que se não explicam o quadro pelo menos mostram como o psicanalista era imaginoso.

Chegou um bando de garotos ingleses-escoceses-irlandeses, vermelhinhos, agitadinhos, de uniforme. Também foram postos diante da Mona Lisa como diante do retrato de um ancestral importante. Só diante dela. O guia falava entusiasmado como se estivesse ante o quadro de uma batalha. E ele ali, talvez, achando graça da situação.

Enquanto isto ocorre, estou enamorado da *Belle Ferronière*, do próprio Da Vinci, que embora possa ser a própria Mona Lisa de perfil, ninguém olha.

Chegou agora um grupo de jovens surdos-mudos holandeses. Postaram-se ali perplexos, o guia falou com as mãos e foram-se. Chegou um grupo de africanos. E repete-se o ritual. E ali na parede os vários Rafaéis, outros Da Vincis, do lado esquerdo os dezesseis renascentistas de primeira linha, do lado direito os dez quadros de Rafael, Andrea del Sarto e outros, e na frente mais dez Ticianos, além dos Veroneses, Tintorettos etc., que ninguém vê.

O ser humano é fascinante. E banal. Vêm para ver. Não veem nem o que veem, nem o que deviam ver. Entende-se. Aquele cordão de isolamento em torno da Mona Lisa aumenta a sua sacralidade. E tem um vigia especial. E um alarme especial contra roubo. Quem por ali passou defronte dela acionando sua câmera, pode voltar para a Oceania, Osaka e Alasca com a noção de dever cumprido. Quando disserem que viram a Mona Lisa, serão mais respeitados pelos vizinhos.

Mal entra outro grupo de turistas para repetir o ritual, percebo que a Mona Lisa me olha por sobre o ombro de um deles e sorri realmente.

Agora sei de que ri a Mona Lisa.

12.4.1989

Da minha janela vejo

Da minha janela os vejo. São três. Encostados no tapume da favela e sentados na escada da subida do morro conversam. Um tem um revólver na mão. São magros. Escuros. Vestem um calção, o tronco nu exposto aos trópicos. Faz um calor estupendo e há um zumbido de sexo, cerveja e ondas no azul do ar.

Da minha janela os vejo. Os três agora se ajeitaram no degrau de terra defronte ao lixo na ribanceira. Aquele que tem nas mãos uma arma, limpa-a com uma flanela. A arma não ameaça os demais. Há uma cumplicidade entre esses três homens, como se fossem executivos em torno de uma mesa. E o que brinca com a arma não parece apenas um menino com seu carrinho, mas um relojoeiro lidando com algo preciso e precioso. Ele a faz girar no dedo como naqueles filmes de caubói que ele viu, que eu vi, que todos vimos. E ele roda o revólver como o relojoeiro dá corda ao tempo. Roda. Para. Roda como nos filmes. E, de novo, com a flanela, limpa a arma, como alguém lava e limpa seu carro no fim de semana.

Da minha janela os vejo: dois policiais a cinquenta metros, lá embaixo. Deram um passo para cá, outro para lá, e agora se encostaram na parede, ociosos. Lá de baixo não podem ver o que de minha janela repetidamente vejo. A rigor, nem olham para a favela, que teriam que ver, mas não veem. Enquanto isto, o que limpa a arma atrás do madeirame os vê, e está tão cioso e seguro como se cuidasse de sua horta ou cozinhasse um pão para entregar de madrugada.

Da minha janela vejo outros personagens na cena. Subindo vagarosamente pela escada lá vem um ou outro favelado. Um para, olha o que está armado, mas continua em frente como se tivesse visto, digamos, uma árvore. Como se tivesse visto alguém cuidando do jantar. Como se tivesse visto, enfim, um homem com um revólver na favela. Sem espanto. Sem constrangimento.

Mas vejo algo mais. Lá vem uma criança voltando azul e branca do colégio. Vem morosa ao sol, subindo calmamente, e agora para diante dos três homens de calção e dorso nu. Diz qualquer coisa ao que brinca com a arma como quem pede a bênção ao tio ou saúda o porteiro do prédio. Olha a arma como quem vê um fruto amadurecendo. Como quem olha um instrumento de trabalho de um adulto. Com o mesmo pasmo do filho olhando os objetos no escritório do pai engenheiro.

Os dois policiais, contudo, continuam conversando ali na esquina. Falam talvez da escala de serviço, da folga na próxima semana, e acabam de olhar as pernas de uma portentosa mulata que passou. Olham mais: olham para o lado e veem um carro de onde uma luminosa loura com sua malha de lastex de ginástica salta na direção da academia em frente. E eles a inspecionam com os olhos como a um ser inatingível de outra galáxia.

Da minha janela me dou conta que somos um triângulo. Eu aqui do alto contemplando de um ângulo os homens seminus e sua arma. Num outro ângulo, igualmente agudo, os policiais tranquilos, que também têm uma arma na cintura. Somos um triângulo visual, um triângulo social, real, pervertido. E a ansiedade se aloja apenas no ângulo de meus olhos desarmados.

Mas por que tanto limpa a arma o caubói do asfalto? Será que a terá usado há pouco? Será que ainda está quente do tiro que abateu o turista alemão?

Olho o rapaz de calção e sua arma, como quem olha uma força da natureza, uma árvore. Uma árvore carnívora. Amanhã, ou hoje à noite, ele vai sair com sua arma como quem sai armado dos dentes do próprio cão. Talvez me encontre num sinal de trânsito ou numa rua escura e me abra a cabeça com a bala de sua fúria. Não terei tempo de explicar-lhe minha intimidade com ele e sua arma. Nem que planos tinha para a vida.

No dia seguinte os dois policiais estarão ali conversando. Ele estará no seu posto, limpando de novo os dentes do revólver, ou, como agora, enrolará a arma na camisa e sumirá entre os casebres para repartir seu ódio e cerveja com os amigos ou seu amor com uma mulher, onde descarregará a arma de seu sexo.

Mas quando isto se der, eu, você ou aquele que tiver sido assassinado não estará mais aqui nem terá mais olhos para ver.

Quando se é jovem e forte

Uma vez uma mulher me disse: vocês jovens não sabem a força que têm.

Ela falava isto como se colocasse uma coroa de louros num herói. Ela falava isto como se não apenas eu, mas todos os jovens fôssemos um grego olímpico ou um daqueles índios parrudões nos rituais da reserva do Xingu.

De certa maneira ela dizia: vocês têm o cetro na mão. E eu, jovem, tendo o cetro, não o via.

Aquela frase me fez olhá-la de onde ela falava: do lugar da não juventude. Ela expressava seu encantamento a partir de uma lacuna. Se colocava propositadamente no crepúsculo e com suas palavras me iluminava.

Essa frase lançada generosamente sobre minha juventude poderia ter se perdido como tantas outras de que necessito hoje, mas não me lembro. Contudo, ela ficou invisível em alguma dobra da lembrança. Ficou bela e adormecida muitos séculos, encastelada, até que, de repente, despertou e me veio surpreender noutro ponto de minha trajetória.

Possivelmente a frase ficou oculta esperando-me amadurecer para ela. Só uma pessoa não-mais-jovem pode repronunciá-la com a tensão que ela exige.

Vocês jovens não sabem a força que têm.

Pois essa frase deu para martelar em minha cabeça a toda hora que uma adolescente passa com sua floresta de cabelos em minha tarde, toda vez que um rapaz de ombros largos e trezentos dentes na boca sorri com estardalhaço gesticulando nas vitrinas das esquinas.

Possivelmente é uma frase ainda mais luminosa no verão.

E mais irradiantemente bela ainda quando o termina e principia e tudo recobra força e viço, e a pele do mundo fica eternamente jovem.

Outro dia a frase irrompeu silenciosamente em mim como coroamento de uma cena. Uma cena, no entanto, trivial.

Estávamos ali na sala de um apartamento e conversávamos. Um grupo, digamos, de pessoas maduras. Cada um com seu copinho de uísque na mão, conversando negócios e banalidades. De repente entra pela sala uma adolescente preparando-se para sair. Entra como faz toda adolescente: pedindo à mãe que veja qualquer coisa em seu vestido ou lhe empreste uma joia. E quando ela entrou tão naturalmente linda, não de uma beleza excepcional, mas de uma beleza que se espera que uma jovem tenha, quando ela entrou, um a um, todos foram murchando suas frases para ficarem em pura contemplação.

Ali, era disfarçar e contemplar. Parar e haurir.

Poderia-se argumentar que vestida assim ela parecia uma Grace Kelly, um cisne solicitando adoração. Mas se assim é, por que a mesma cena se repetiu quando entrou outra irmã, impromptamente, de jeans, vinda da rua, espalhando brilho nos dentes e vida nos cabelos?

Olhava-se para uma, olhava-se para outra. Olhava-se para os pais que orgulhosos colhiam a mensagem no ar. E surge a terceira filha, também adolescente com aquela roupa displicente que, em vez de ocultar, revela mais ainda juventude.

Esta experiência se repete quando numa família são apresentados os filhos jovens. Igualmente quando se entra numa universidade e se vê aquele enxame de camisetas, jeans e tênis gesticulando e rindo entre uma sala e outra, entre um sanduíche e um livro, sentados, displicentes, namorando sob árvores e na grama, como se dissessem: eu tenho a juventude, o saber vem por acréscimo.

Infelizmente não vem. E a juventude se gasta. Como as pedras se gastam, como as roupas se gastam, se gasta a pele, embora a alma se torne mais densa ou encorpada.

Algo semelhante ocorre diante de qualquer criança. Para um bebê convergem todas as atenções na sala. Sorrisos se desenham nos rostos adultos e o ambiente é de terna devoção. É a presença da vida, que no jovem parece ter atingido seu auge.

Por isto, ver um (ou uma) jovem no esplendor da idade é como ver o artista no instante de seu salto mais brilhante e perigoso ou ver a flor na hora em que potencializa toda a sua vida e imediatamente nunca mais será a mesma.

Claro, há jovens que são foscos e velhos e velhos que são radiosos adolescentes. Não é disto que falo.

Estou falando de outra coisa desde o princípio. Daquela frase que aquela mulher depositou na minha juventude e agora renasceu.

Gostaria de doá-la a alguém. Penso nisto e a porta se abre. Irrompem, lindas, minhas duas filhas. Extasiado lhes dou um beijo e digo:

— Filhas, vocês não sabem que força têm.

19.12.1988

A ilusão do fim de semana

Há algo errado nisto.

Onde havia florestas construímos cidades de concreto, asfalto e vidro. Aí vivemos. Ou melhor: trabalhamos. Mas como o lugar onde trabalhamos não é onde queremos viver, então no fim de semana rumamos para onde há floresta ou praia, onde, além do verde e do azul, se pode respirar.

Chegamos. Acabamos de encostar o carro na garagem da casa de campo, fazenda ou do hotel nas montanhas.

Chegar aqui não foi fácil. Duas, cinco, às vezes dez horas de engarrafamento. O verde e o azul, lá longe ainda, difíceis de alcançar. E a gente ali na estrada entalado num terrível rito de ultrapassagem.

Mas digamos que a viagem foi normal. O simples fato de nos aproximarmos do verde já muda o clima psicológico dentro do carro. Vai ficando para trás a fuligem da cidade. E ao subir a serra começa uma descontração no diafragma. Aqueles que estavam tensos, indo para a natureza, já tornam suas frases mais macias, já começam a ficar mais amorosos. Algumas brigas de casal vão se diluindo na passagem da cidade para o campo.

Enfim, chegamos. São desembarcadas as malas, as portas e janelas da casa e corpo se abrem e a clorofila começa a entrar pelos poros. As flores continuaram a elaborar suas cores em nossa ausência. Os pássaros continuaram a emplumar as estações.

Começamos a inspeção ao jardim de nossos sentimentos, à horta de nossas aspirações e ao curral de nossas expectativas. Conversar com o caseiro ou empregados nos remete a outro tempo, a outra sintaxe: alguns são personagens de Guimarães Rosa. Até para dizer um simples não ou sim, um bom-dia, gestualizam a voz e emitem posturas filosóficas.

Os comezinhos prazeres: distinguir o canto do sabiá do grito do gavião. Seguir o bando de maritacas alardeando o verão. Se deitamos na rede, pouco acima da cabeça zumbem as asas de um beija-flor.

Jogar água nas plantas à tardinha ou à noite, num diálogo no escuro com aquilo que o escuro pulsa. Que força sai do chão, que força na escuridão. Um pio de coruja ali e alguns vaga-lumes adiante atravessam a íris da noite.

Alguns procuram a casa na montanha de uma estranha e inócua maneira. Desabam a dormir cerrando os sentidos para a própria natureza. Bebem, comem, bebem ou ficam jogando, jogando e mal olham lá fora. A natureza continua um cenário exteriorizado.

Outros, no entanto, saem a cavalo sentindo entre as coxas o calor da alimária em movimento. Noutros caminhos pedalam-se bicicletas. As pessoas da cidade, em verdade, seguem meio desajeitadas por essas trilhas silvestres. Estão de bermuda ou jogging procurando a via natural de ser. Já os habitantes do interior olham os da cidade estranhando neles a inabilidade em deixar o corpo seguir à vontade no verde. Falta ao da cidade o sentimento de pertencimento a essa paisagem.

À noite pode-se acender a lareira e ali se ficar prostrado com um copo de uísque ou vinho, uma xícara de chá ou café, olhando, olhando o fogo como um primitivo na caverna de si mesmo.

Soa uma música ao piano, um concerto de Boccherini como se houvesse músicas fluindo diretamente do cosmos.

Pode-se retomar um livro, desses que exigem lenta leitura, um ritmo especial de atenção, que não podem ser entendidos entre um sinal verde e vermelho na pressa da cidade ou assimilado entre duas reuniões consecutivas de trabalho.

Todavia, essa incursão no paraíso vai acabar. O fim de semana escoou-se. Já começamos a refazer as malas e a ficar ansiosos e de mau humor. Vamos começar a descer a serra para retornar ao campo de concentração urbana. Mal sinalizadas, as estradas vez por outra nos deixam ver um cão morto no asfalto. De repente, um carro destroçado, corpos jogados aqui e ali: luzes, polícia, compungidos curiosos. E a possibilidade de outro engarrafamento.

Aproximamo-nos da cidade. A temperatura começa a subir, um calor abafado vai grudando na pele. O mau cheiro irrita as narinas, o ruído agride os tímpanos. O ritmo do pulso é tenso e há um cruzar de buzinas, faróis, anúncios e sempre a possibilidade de uma emergente violência.

Chegamos ao apartamento ou casa. Descarregamos tudo pelo elevador com ar de vitória e derrota. Na sala, jornais, correspondência acumulada. O dia seguinte já nos espreita na treva. Aí começaremos a fazer novos planos para fugir da cidade. Planejaremos outro feriado e contaremos quanto tempo falta para a aposentadoria.

Há algo de errado nisto. E persistimos.

15.1.1988

Perto e longe do poeta

Conheci Drummond aos 18 anos, ali no seu gabinete no Ministério da Educação. Havia lhe enviado uma cartinha interiorana e alguns poemas, e agora subia o elevador para vê-lo de perto.

Naquele tempo, Manuel Bandeira é que era o mais celebrado poeta do país. Drummond mesmo o louvava em prosa e verso. E eu, achando-me destemido e justiceiro, na conversa comuniquei ao poeta que eu o achava melhor e mais importante que Bandeira. Era uma maneira adolescente e estouvada de declarar amor. Fui taxativo. E estava certo. Ele sorriu desconversando porque nunca soube o que fazer quando lhe mostravam o afeto à flor da pele.

Do que se falou ali durante uns quarenta minutos não me lembro muito. Estava tão encantado de poder ouvi-lo, que me lembro vagamente de algumas frases e sugestões. E o fato é que a partir daí julguei-me com permissão para incomodá-lo. Discretamente. De quando em quando. O mínimo possível. Praticando aquilo que ele recomendava — um distanciamento e uma proximidade relativos.

Isto explica uma cena quase absurda acontecida entre nós. Uma cena só justificável entre dois mineiros e entre um mestre e um discípulo, que tem também suas crises de timidez.

Uma outra feita, vinha eu de Minas. E lá ia em direção ao seu gabinete. Vir ao Rio e visitar certos escritores era um ritual. Um ritual que só pode fazer quem mora no interior, pois quem vive aqui não tem tempo para isto. Então, lá ia eu para o MEC. Desci ali no centro, caminhei sob as colunas do prédio de Niemeyer, passei pelos azulejos de Portinari e fui na direção do elevador.

Não havia ninguém na fila. Eu sozinho. Chegou o elevador, entrei.

Quando estou lá no fundo do elevador, vejo vir a figura do poeta. Também sozinho. Vem e entra naquela angustiante caixa de madeira. Mas ele vinha como sempre vinha: com os olhos no chão, cabisbaixo, meditativo, voltado para suas montanhas interiores. Vinha com o seu terno, seus óculos, sua gravata, sua mitologia, mas olhando para o chão.

E ali estamos os dois. Em silêncio total. Eu, um adolescente acuado num ângulo do elevador, como se ele — o poeta — fosse o domador. De sua parte, ele é que estava acuado no ângulo oposto; e olhando para o chão de si mesmo sabia que do outro lado havia uma presença humana qualquer.

E o elevador subia. Subia e nenhum dos dois denunciava a presença do outro.

Ele com o olho fixo no chão. E eu pensando: não me viu. Ou melhor (como mineiro, julgando): ele não me reconheceu, não quer me ver, meu Deus, que é que eu vim fazer aqui? O homem está ocupado e eu subindo para chateá-lo.

E o elevador subia. Não parava em nenhum andar. Não aparecia nenhum passageiro para nos socorrer. Se entrasse alguém, talvez ele levantasse o olho do chão, quem sabe me reconheceria. Mas não entrava ninguém. E o elevador subindo.

A mim parecia que o prédio do MEC tinha ficado da altura do Empire State Building, em Nova York. Mas-eis-senão--quando a porta se abre e o elevador chega ao andar em que o poeta trabalhava.

Que fazer? Saio junto com ele? Vou andando por "acaso" no corredor e o encontro por "acaso"? Espero que ele chegue à sua sala e depois apareço lá como que por encanto — "Oh, que surpresa! Há quanto tempo..."?

Resultado: o elevador parou. O poeta saiu. Eu fiquei, fiquei com o elevador subindo outra vez até o fim, até onde pode subir uma pessoa confusa e equivocada. Subi e desci. Desci sem dirigir uma só palavra ao poeta que fora visitar. Tomei o ônibus para Minas sem falar com ele.

Aconteceu só essa vez? Não. Muitas outras. Uma vez ficamos vendo livros, uns quinze minutos, na vitrina da Leonardo da Vinci, sem nos olharmos e nos cumprimentarmos. A mesma síndrome. O mesmo respeito. E olha que nessa altura eu já era um homem viajado, já havia morado no exterior, visitado sua casa, levado para a minha o seu arquivo e escrito minha tese sobre ele.

Mas não tinha jeito. De repente, dava aquele respeito e não mexia um dedo. Ele construía uma tal atmosfera de individualidade, que às vezes era impenetrável. No entanto, outra vez nos encontramos na rua, e como eu vinha sofrendo como um cão danado do mal de amor, me fez enormes confidências sobre sua juventude amorosa... Outra vez apareceu em casa com um presente, me assustando e encantando a mim e a Marina.

Era um homem imprevisto. Respeitava e se fazia respeitar, até mesmo pelos seus poucos inimigos. Agora se foi. Ele que vivia com aquele ar de quem estava mal alojado e sempre se despedindo.

Na verdade, Drummond não morreu. Apenas nos deixou a sós com os seus textos. Textos com os quais temos uma intimidade total, que nada pode inibir.

Aquela menina às margens do Igarapé

O bracinho da menina acena no seu corpinho seminu, em pé, na porta da casa de madeira nas margens do igarapé. Respondo, respondemos com vários ternos acenos, do barco que avança dentro da massa de compacto calor amazônico.

De tantas cenas com pássaros, árvores e casas de caboclo, a imagem dessa menina imprimiu-se logo em mim. Fotograficamente. Peço à minha mulher um papelzinho e anoto o que poderia ser o início de um poema. Procuro-o agora e percebo que o perdi como a tantos-outros-inúteis-textos. Contudo, o bracinho da menina acena no seu corpinho seminu, em pé, na porta da casa de madeira nas margens do igarapé.

Acena para mim e eu respondo. Um Brasil acena para outro Brasil, que passa. Estou conhecendo uma das muitas ilhas amazônicas, defronte de Belém do Pará, depois de ter feito uma conferência na inauguração do Centro Cultural Tancredo Neves sobre a questão da identidade nacional. Isto foi ontem. Agora estou no meio deste rio, que de tão largo parece mar, e continuo me perguntando "que país é este?". E o bracinho da menina acena para mim. Como os moradores desta ilha, ela tem olhos claros e cabelos lisos: é uma caboclinha, mistura de portugueses e índios.

E ainda ontem na conferência eu citava Simon Bolívar: "Não somos nem índios nem europeus, somos qualquer coisa intermediária entre os senhores legítimos deste país e os usurpadores espanhóis. Em resumo, sendo americanos de nascença e beneficiando-nos dos direitos originais da Europa, nos devemos opor aos direitos dos índios e ficar no nosso país para resistir aos invasores estrangeiros. Nossa situação é, portanto, ao mesmo tempo extraordinária e terrivelmente complicada".

O barco avança. Passa por outras casas, pássaros, árvores e muitas coisas que anotei no papelzinho que perdi. Sou um país que perde seus papéis e está perplexo entre a cidade e o igarapé. De repente no alto, cruzando de uma margem a outra, como numa rua de Ipanema, uma corda com estandarte de plástico da Copa/Brasil 86. A emoção do futebol flutua nos mínimos canais da Amazônia.

Desembarcamos para conhecer a ilha. E vamos vendo, pegando, apalpando cajueiros, seringueiras já exploradas e imensos castanheiros. Um punhado de meninos de 5 a 10 anos, talvez irmãos, primos daquela menininha que me acenava, nos acompanha como um bando de macaquinhos felizes. Aguardam sob os pés de açaí a ordem do guia para uma demonstração de destreza: subir nos troncos rapidamente usando, amarrada aos pés, uma tira vegetal de apoio e impulso.

Desses meninos, quantos ficam por aqui? O guia mostra adiante uma casa rosa de madeira. Pertence a um morador que foi um desses meninos, cresceu, saiu da ilha, virou advogado em Belém e, no entanto, preserva a casa para fins de semana. Isto me lembra Oswald de Andrade: "o lado doutor. Fatalidade do primeiro branco aportando e dominando politicamente as selvas selvagens. O bacharel. Não podemos deixar de ser doutos. Doutores. País de dores anônimas, de doutores anônimos". Mas aquele ali é diferente. Manteve suas raízes. Talvez tenha resolvido o dilema entre a selva e a escola. A escola, aliás, está ali: mais adiante. Mais de cinquenta garotos fazem as quatro séries do primário juntos. Só um está na quarta série. A velha professora batalhou ali mais de cinquenta anos. Uma caixinha na parede pede colaboração dos turistas. A escola tem o nome de uma mulher americana, lembrando a doação e a visita.

De repente, uma clareira. Houve um pequeno incêndio. E o chão é só areia. Diz o guia: É assim que ficará a Amazônia com o desmatamento. Esta é a terra típica daqui, arenosa. Penso no livro de Loyola *Não Verás País Nenhum* e na *Amazônia Saqueada* de Edmar Morel. Lembro a afirmação do ecólogo Paulo Fraga denunciando que as setecentas serrarias que devastaram o Espírito Santo deslocaram-se para a Amazônia.

Foram cinco horas de viagem. Vou voltando para Belém de barco, vou comer um pato ao tucupi, tomar um sorvete de cupuaçu e graviola. Mas por onde quer que eu vá agora, um bracinho de menina acena no seu corpinho seminu, em pé, na porta da casa de madeira nas margens do igarapé.

O homem das palavras

De Aurélio Buarque de Holanda, que nos deixou esta semana, guardo algumas lembranças. Todas alegres.

Uma vez, por exemplo, estávamos num congresso de escritores em Brasília. Assentados no auditório ouvíamos as doutas palavras que eram ditas no palco onde alguém proclamava as virtudes de um texto literário. A rigor, o texto em questão era a "Canção do exílio", de Gonçalves Dias, que até dez anos atrás todos os brasileiros sabiam de cor, não exatamente por causa da ditadura mais recente, mas porque era texto que aparecia em todas as antologias escolares.

Quem tem mais de trinta anos e estudou português e não a famigerada comunicação e expressão se lembra dos primeiros versos:

> Minha terra tem palmeiras
> Onde canta o sabiá,
> As aves, que aqui gorjeiam,
> Não gorjeiam como lá.

Pois bem. Lá ia o expositor à mesa ressaltando que a grande força deste poema estava no fato de que era um texto sem qualquer adjetivo. Disse isto, conferindo tal observação ao grande Ayres da Matta Machado.

Mal se pronunciou esta frase, ouviu-se do fundo do auditório um vozeirão contestando e reclamando:

— Perdão, mas esta ideia é minha.

A plateia voltou-se estupefata.

Era Mestre Aurélio, que levantando-se da poltrona e encaminhando-se desassombradamente para o palco continuou falando:

— Sim, esta ideia é minha. Tive poucas, não sei se terei outras e tenho que defendê-las.

Isto posto assumiu seu imprevisto lugar à cabeceira das ideias e fez um brilhante aparte que virou uma conferência.

Sabia e gostava de falar. Uma vez dava uma entrevista na antiga TV Rio. E a entrevistadora, sabendo que ele quando se apoderava da palavra não a largava mais, preveniu-o:

— Mestre Aurélio, temos só quinze minutos de entrevista. Quando faltarem cinco minutos para acabar, faço-lhe um sinal cutucando-o com os pés por debaixo da mesa.

E assim combinado, lá ia transcorrendo a conversa. Faltando os cinco minutos, a entrevistadora lhe dá o toque de pé, discretamente. O professor falando. E ela dizendo: — Como nossa entrevista está chegando ao fim... — e ele falando, e ela cutucando. — Professor, temos infelizmente que terminar — e ele calmamente dissertando. — Professor, receio que... — e ele entusiasmadíssimo.

Resultado: outro programa entrou no ar, ele não se deu conta, continuou dando sua entrevista, até que, quinze minutos mais tarde, ao se aperceber, explicou sorrindo à entrevistadora que o que tinha a dizer era muito importante e não podia parar.

E ele tinha razão.

Outra estorinha sobre Aurélio já é clássica. Tendo que ir à Academia, uniformizado com espada e chapéu, ficou ali na Glória aguardando táxi, até que um parou. O motorista fascinado com a sua indumentária, olhando pelo retrovisor, de repente indagou:

— Ainda que mal pergunte: sois algum reis?

A construção da frase era estranha, mas o motorista estava jogando até com a possibilidade de "folia de reis", tendo em vista a semelhança entre a fantasia dos acadêmicos e a do folclore.

Aurélio explicou que não, falou da Academia. O chofer não entendeu muito bem. Mas quando Aurélio lhe pediu para se apressar, porque estava atrasado, o outro atalhou confiante:

— Pode deixar, doutor, que do jeito que o senhor está vestido, nada começa antes do senhor chegar.

Uma outra vez, Mestre Aurélio me disse uma frase sapientíssima: "Temos que dar oportunidade às palavras". Referia-se às palavras como se fossem pessoas, objetos, roupas que se usam, coisas que se comem, parentes que a gente visita.

"Temos que dar oportunidade às palavras." Um dia ainda faço uma crônica inteira sobre isto. Agora, no entanto, quem pede espaço é a poesia. Para um homem de muitas palavras, essas outras, poucas e parcas:

Palavra final

Lá se nos foi Aurélio.
Alguns dirão: foi para a última morada.
Não.
Foi para a última palavra.
A só pronunciável de corpo inteiro.

Outras palavras, amigas, foram ao enterro
e choraram.
Algumas ali ficaram
e se tornaram inscrição.

5.1.1989

"Meu amigo virou Deus"

Tenho vários conhecidos que se julgam Deus. Mas tenho um amigo que, por sua vez, tem outro amigo que virou Deus.

Isto não ocorre todos os dias. Por isso, tenho que narrar o que ouvi do embaixador Alberto da Costa e Silva, há dias, na Colômbia. Ele teve o privilégio de conviver com Deus antes e depois de se tornar Deus. Assim, ele conheceu as duas faces de Deus, ou melhor, a dupla face do homem.

A estória transcorre na África. E o Deus de que falo, antes de chegar à sua forma final e absoluta de aprimoramento, fazia doutorado na Inglaterra. Devo reconhecer que fazer doutorado leva muitas pessoas a se sentirem meio deusas, sobretudo quando o título lhes é conferido no exterior. Mas este não foi exatamente o caso. O nosso personagem não se transformou em Deus por ter feito o doutorado. Ao contrário, por ser Ph.D., quase perdeu a oportunidade de ser Deus.

Ora se deu que o pré-Deus, tendo nascido na África, foi então estudar na Inglaterra. Ele pertencia a uma dessas famílias da elite de seu país. Devo reconhecer também que ser da elite já leva as pessoas a se pavonearem angelicais e a viverem nas nuvens. E este foi o caminho natural que o amigo do meu amigo seguiu para se transformar em Deus.

O fato é que, tendo estudado na Inglaterra, o nosso personagem voltou ao seu país de origem. E ali ia administrando os negócios de sua família muito bem. Havia se casado, tinha os seus amigos e a vida ia normalmente até que ocorreu uma coisa imprevista. Morreu-lhe o pai. Isto é doloroso evidentemente, mas foi a partir daí que essa criatura de Deus se transformou no próprio. Segundo os hábitos de sua gente, deveria haver uma cerimônia para o enterro do pai. Mas surpreendentemente ninguém apareceu. O nosso (ainda) homem ficou ali perplexo e abandonado. Nenhum amigo. Nenhum parente. Ninguém.

Saiu perplexo a indagar o que havia ocorrido, por que aquele abandono coletivo? Fizeram-lhe então a revelação que ia mudar sua vida: ninguém fora à cerimônia de sepultamento de seu genitor porque ele, o filho, havia adiado e até então se recusado a cumprir os rituais da tribo para se transformar em Deus. Exatamente. Ele havia sido escolhido como o sucessor, o herdeiro, aquele que conduziria espiritualmente o povo e, no entanto, relegara as tradições.

Nosso personagem encontrou-se numa situação de divina perplexidade. Não é todos os dias que nos convidam a ser Deus. Conhecemos entre os nossos amigos muitos que têm aquela síndrome que Jung chamava de "ego inflado", ou seja, o sujeito se crê realmente o maior, divino, maravilhoso. Mas ser convidado, e mais do que isto, instado pela multidão a ser Deus, é raro, raríssimo.

No Brasil, alguém pode alegar que isto é comum. Volta e meia, no Maracanã, a galera começa a cantar em coro: "Hei, hei, hei (Pelé, Zico, ou sei eu lá quem) é o nosso rei". Mas é diferente. Basta que um deles faça uma bobagem no campo e vira um judas malhado, sem qualquer aleluia.

Portanto, reconheçamos que é perturbador ser convidado para ser Deus. Se a gente se alvoroça todo quando vira síndico de um prédio ou chefe de seção, imagine uma convocatória dessas.

O fato é que ninguém é de ferro. O ser humano tem seus limites, e o amigo do meu amigo aceitou virar Deus.

Mas antes teve que comunicar à família. Porque, imaginem, a mulher: estava acostumada a deitar-se com seu homem

e, de repente, acorda com um Deus nos braços. E os filhos? E toda a parentela? Portanto, era necessário acertar com a família os detalhes da futura vida divina.

Mesmo porque a metamorfose começaria já por um detalhe. Deus teria que ter várias mulheres, portanto, fazia-se urgente um concílio familiar para se estudar o papel da mulher original e das outras no reino celeste.

E tinha mais: Deus, antes de ser Deus, tinha que se submeter a várias provas e rituais. O que, de resto, julgo ser justo, pois se exigem concurso para assistente administrativo e para soldado passar a cabo, por que não para ser Deus?

Depois dos rituais de iniciação, já como Deus, o nosso herói trocou de roupas e passou a ser uma espécie de Gandhi, com um cajado e trajes típicos. Andava sempre com um couro de bode, que era o único objeto sobre o qual, segundo a tradição, poderia assentar seu divino traseiro. E tinha uma outra coisa: passou a andar sempre acompanhado de um ajudante chamado "o língua", pois sendo Deus, não se dirigia mais aos mortais. Falava simplesmente, e "o língua" repetia o que dizia aos demais.

No entanto, sendo Deus, também tocava os negócios da família, e volta e meia se reunia com os antigos amigos ocidentais para jogar pôquer. Um dia alguém lhe perguntou se era difícil ser Deus. E ele explicou que não, que o pior era, dentro da dramatização real, ter que ouvir várias vezes por dia um coro que o acompanhava sempre dizendo que era "perfeito", "divino", "inalcançável". Às vezes se cansava disto, achava um porre.

Neste ponto não pude deixar de pensar nos homens do coro. Imaginei um ou outro dizendo à sua mulher antes de ir para o trabalho de louvação: "Lá vou eu, repetir para aquele chato que ele é perfeito, divino, inalcançável. E o pior, mulher, é que acho que ele já está começando a acreditar nisto".

31.3.1991

O vestibular da vida

Um enduro sem moto, um rali sem carro, uma maratona onde, ao invés de atletas, correm paraplégicos, cegos, presidiários, grávidas e doentes em suas macas, esta é a imagem que nos deixa este vestibular realizado esta semana, mobilizando centenas de milhares de jovens em todo o país.

Várias fotos mostram jovens correndo desabalados dentro de seus jeans justos e camisetas palavrosas em direção ao portão da universidade, como se fossem dar um salto tríplice. Como se fossem dar um salto sem vara. Como se fossem dar um salto na vida. Ao lado, aparecem parentes incentivando o corredor-saltador, aparecem colegas gritando em torcida. Correi, jovens, correi, que estreita é a porta que vos conduzirá à salvação! E ali está, como São Pedro, um porteiro ou guarda, que vai bater a porta na cara do retardatário, que chorará, implorará, arrancará os cabelos num ranger de dentes, enquanto, saltitantes, os mais espertos pulam (ocultamente) um muro e penetram o paraíso (ou inferno da múltipla escolha).

A Telerj declarou que teve que acordar mais de 10 mil jovens pelo despertador telefônico. Carlinhos Gordo, o maior ladrão de carros do país, estava entre os 39 presidiários que, no Rio, fizeram, mesmo na cadeia, o exame. Mais de trinta deficientes visuais tiveram que tatear as 51 folhas em braile. Maria Alice Nunes teve um filho e saiu da maternidade com o recém-nascido no colo para enfrentar o unificado. Um índio cego — o guarani José Oado, 24 anos — disputa uma vaga em História (ou na história); Andréa Paula Machado, 17 anos, teve que interromper o exame escrito várias vezes, para o prazer oral do bebê que, entre uma mamada e outra, voltava ao colo da avó. Dois fiscais que transportavam as provas no caminho de Petrópolis morreram num acidente. Um estudante com rubéola fez, num posto médico, prova ao lado de outro com catapora. Todas as idades ali estavam representadas: Márcia Cristina da Silva, 13 anos, vejam só!, já começou a treinar para o vestibular de Medicina em 88, e neste só achou difícil a prova de literatura. Mas lá estava também Edgar Carvalho, 73 anos, advogado, trocando as delícias da aposentadoria pela ideia de se tornar médico e ainda ser útil aos outros. Por isto, discordo da jovem que o interpelou acusando-o de estar tirando a vaga de outro. Socialmente é melhor um velho de 73 anos que qualquer dos jovens que faltaram à prova porque dormiam, que não foram classificados porque achavam que vestibular era loto e vivem a ociosidade daninha à custa de seus pais.

Mas, de todos os casos, impressiona mais o de Maria Regina Gonçalves, uma enfermeira de 38 anos. Vejam que estória mirabolante.

Lá vai a nossa Maria Regina. Mas não vai simplesmente. Vai grávida. Vai grávida, mas não é uma grávida amparada pelo seu marido, mas uma grávida solteira, enfrentando o mundo com sua barriga e coragem. No entanto, hora e meia antes do exame, em São Cristóvão, é assaltada por três marmanjos covardes, que tomam dela os documentos, 200 mil cruzeiros, e o pior: lhe dão uma porção de safanões, num exercício de sadismo matinal.

Maria Regina poderia depois disto voltar chorando para casa e ficar lamuriando o resto da vida. Fez o contrário: foi em frente, embora, ao chegar no local, soubesse que uma outra colega, também assaltada, desistira do exame. Maria Regina deu um jeito, arranjou até cópia xerox de sua carteira de identidade, fez a prova, comprometendo-se a mostrar os outros documentos mais tarde.

Mas, de noite, teve uma hemorragia. Pena que os ladrões não pudessem ver a cena, pois ficariam mais felizes. O médico lhe ordena "repouso absoluto". Ela ali "repousando", mas agoniada, porque a burocracia lhe exigia comprovações de documentos para validar os exames. Como desgraça pouca é bobagem, quatro dias depois morre o pai de seu namorado, daí a uns dias ela aborta e teve que ficar mesmo internada.

E vede agora, ó filhinhos e filhinhas do papai, que esbanjais vossos corpinhos sem destino nas praias da irresponsabilidade! Maria Regina foi a primeira colocada (nota 96) no concurso para Enfermagem e Sanitarismo. Tirou primeiro lugar e seu nome não apareceu na lista. Ainda vai ter que provar que existe. Mas já impetrou mandado de segurança. É claro que vai ganhar.

12.1.1986

Homem olhando mulher

A cena foi rápida.
Estou parado de carro num sinal em Copacabana. No passeio irrompe uma linda mulher, tipo bailarina espanhola ou bailarina mesmo do Municipal. Tem os cabelos penteados lisamente para trás fazendo um coque e o salto alto desenha ainda mais lindamente suas pernas. E a saia é curta. E a blusa transparece desejos e visões.
Vejo-a como uma aparição que ameniza o dia de qualquer incréu. Vejo-a no passeio a esperar majestaticamente um táxi. Isto tudo deve ter durado cinco segundos.
Olho para outro lado e vejo mais: dois crioulões furando e cavando o asfalto. Um deles, simpaticão, acabou de ver a beleza ao mesmo tempo que eu. Foi vê-la e cessou toda tarefa muscular. Agora sua tarefa é apenas visual. Eu penso ter sido discreto, discretíssimo. Ele também se esforça para ser discreto, discretíssimo. E está tentando. Mas não sabe que o estou vendo. Aliás, sabe. Sem nos falarmos, um acordo ancestral entre os machos se desenha: ele me olha cúmplice e sorri balançando a cabeça, como a dizer: "Que monumento, compadre, que monumento acabamos de ver, hein?!".
Percebo pelo retrovisor que ela entrou no táxi atrás de mim. O operário a olha irremissivelmente. Acabou de ver aquilo que Orlando Silva e Sílvio Caldas em suas músicas chamavam de "deusa", uma revelação no árduo dia ensola-

rado. Se ele tivesse lido Drummond diria, como naquele poema, que uma flor nasceu no asfalto.

O que se passou entre ele e a linda mulher também deve ter durado cinco segundos, e eu sei que ele ficou imantado o resto do dia, e que num bar, tomando uma cerveja às seis da tarde, de repente, exclamou: "Cara, hoje eu vi uma mulher que eu vou te contar...", e assim dizendo não sabia como a descrever, senão apenas repetir "... eu vou te contar!...".

Mas agora ele está, por enquanto, vivendo os cinco segundos de discreto encantamento. Afinal, ele é operário, e preto, e se olhar ostensivamente vai ser ainda pior interpretado que eu, que finjo ser branco e olhei o que tinha que olhar, espero, sem testemunhas, confortavelmente no meu carro.

Ela acabou de ocupar o assento de trás do táxi e sei disto olhando o retrovisor e o rosto do operário, que tudo reflete. Percebo que ele lança um olhar para ela, mas o recolhe antes que ela o veja. Meu carro vai arrancar, o táxi vai com ela não sei para onde, mas vejo o negão simpático levantar a cabeça e seguir com os olhos a visão que enriqueceu cinco segundos de sua vida.

Há uma maneira universal de os homens olharem as mulheres. Era assim que eu pensava em começar esta crônica e, só depois, num parágrafo apenas, sintetizar aquela linda cena. Não foi de jeito. O olhar dele e o meu exigiram mais.

Homem olhar mulher que passa é o mesmo ritual em Roma, Salvador ou Istambul. Sobretudo nos países latinos. Já os saxões e nórdicos são bem mais discretos. São capazes de passar pelas mais interessantes mulheres como se elas fossem transparentes. Por isso as mulheres latinas estranham e até reclamam. Não estão acostumadas a essa indiferença. Tenho uma amiga que me disse que quando está com o ego muito baixo costuma ir passear pelo centro da cidade. Aí os homens a olham com mais interesse. Então, volta para casa mais gratificada.

Há toda uma literatura sobre o homem olhando a mulher que passa. Nosso Vinícius de Moraes radicalizou de vez

a questão dizendo: "Meu Deus, quero a mulher que passa! Que fica e passa, que pacifica". Era natural que um dia viesse a fazer a *Garota de Ipanema*, exercitando *voyeurismo* poético-musical. De resto, os livros de Alencar e Machado descreviam a rua do Ouvidor e outras, onde as mulheres iam desfilar diante do galanteio dos chamados "leões".

E as mulheres? Olham os homens? Dizem algumas amigas que sim, que estão cada vez mais desinibindo olhos e fantasias. É uma situação estranha esta. Pois se uma mulher olha um homem com a insistência que os homens têm no olhar, acontece uma coisa curiosa: o homem olhado vai virando mulher, ou seja, vai ficando timidamente feminino. Um amigo me contou que certa vez num banco uma mulher o olhou com tal aderência que ele foi encolhendo sua macheza, sentindo-se acuado como uma fêmea e acabou por baixar os olhos recatado como se fosse uma donzela. Um pouco mais e sairia dali pundonorosamente de salto alto e consertando a imaginária maquiagem.

Agora estou no restaurante deste hotel onde há dezenas de executivos engravatados comendo em suas mesas. Mas acabou de entrar uma charmosa mulher, sozinha. É o bastante. Tudo já se modificou. Os machos começam a se eriçar. Cada um, é claro, olha ao seu modo. E todos a estão olhando. Até mesmo os já não discretos alemães naquela mesa perto da piscina.

Eu olho os que olham. Portanto, não olho ingenuamente. Quem olha, vê e esquece, mas quem olha e escreve o que olhou, na verdade, está olhando duplamente.

20.3.1991

Apenas um tiroteio na madrugada

São 2h30 da madrugada e eu deveria estar dormindo, mas acordei com uma rajada de metralhadora na escuridão. É mais um tiroteio na favela ao lado.

Além dos tiros de metralhadora, outros tiros se seguem, mais finos, igualmente penetrantes, continuando a fuzilaria. Diria que armas de diversos calibres estão medindo seu poder de fogo a uns quinhentos metros de minha casa.

No entanto, estou na cama, tecnicamente dormindo. Talvez esteja sonhando, talvez esteja ouvindo ainda o tiroteio de algum filme policial. Tento em princípio descartar a ideia de que há uma cena de guerrilha ao lado. Aliás, é fim de ano, e quem sabe não estão soltando foguetes por aí em alguma festa de rico?

Não. É tiroteio mesmo. Não posso nem pensar que são bombas de São João, como fiz de outras vezes, procurando ajeitar o corpo insone no travesseiro.

Estou tentando ignorar, mas não há como: é mais um tiroteio na favela ao lado.

Se fosse durante o dia, talvez saísse ao terraço para olhar o que sucede. Muitas vezes vi carros de policiais estacionados na boca da favela, homens subindo o morro com escopetas e metralhadoras, com os corpos colados aos barracões, como em cena de filme, numa aldeia do Vietnã. Dos prédios ao lado, os moradores com a cabeça para fora das janelas, espiando, acompanhavam a fuga dos marginais se enfiando em moitas e despencando encosta abaixo.

Meu corpo quer dormir. Afinal, é apenas mais um tiroteio na favela ao lado, amanhã tenho que trabalhar e esse filme eu já vi. Penso isto antevendo que na manhã seguinte as filhas comentarão o tiroteio como se comenta um capítulo de novela, e isto me intriga. O que fazem com os corpos das vítimas? Há um canibalismo diário? Há um cemitério clandestino lá em cima? Também nunca vi ambulância recolher feridos. São tão ruins de mira assim?

Alguns minutos se passam. Não sei se foram dez ou vinte. Nessa atmosfera de sono não se tem muita noção de tempo. Súbito, novas rajadas de metralhadora perpassam pela madrugada. Se eu estivesse no Líbano, isto talvez fosse normal. É o que pensamos daqui. Não sei se no Líbano já se acostumaram a isso.

Não sei também o que pensarão os turistas deste bairro. Pois se eu estivesse no Líbano e assistisse a um tiroteio assim, na volta ao meu país ia contar nas festas e jantares o formidável tiroteio a que assisti. Exatamente como farão os australianos, americanos, alemães e espanhóis turistas que, como eu, estão em sua cama ouvindo essas rajadas de metralhadora.

O tiroteio continua e estamos fingindo que nada acontece.

Sinto-me mal com isto. Me envergonho com o fato de que nos acostumamos covardemente a tudo. Me escandalizo que esse tiroteio não mais me escandalize. Me escandaliza que minha mulher durma e nem ouça que há uma guerra ao lado, exatamente como ela já se escandalizou quando em outras noites ouvia a mesma fuzilaria e eu dormia escandalosamente e ela ficava desamparada com seus ouvidos em meio à guerra.

Sei que vai amanhecer daqui a pouco.

E vai se repetir uma cena ilustrativa de nossa espantosa capacidade de negar a realidade, ou de diminuir seu efeito sobre nós por não termos como administrá-la. Vou passar pela portaria de meu edifício e indagar ao porteiro e aos homens da garagem se também ouviram o tiroteio. Um ou outro dirá que sim. Mas falará disso como de algo que acontece inexplicavelmente no meio da noite.

No elevador, um outro morador talvez comente a fuzilaria com o mesmo ar de rotina com que se comenta um Fla-Flu. E vamos todos trabalhar. As crianças para as escolas. As donas de casa aos mercados. Os executivos nos seus carros.

Enquanto isso, as metralhadoras e as armas de todos os calibres se lubrificam. Há um ou outro disparo durante o dia. Mas é à noite que se manifestam mais escancaradamente.

Ouvirei de novo a fuzilaria. Rotineiramente. É de madrugada e na favela ao lado recomeça o tiroteio. Não é nada. Ouvirei os ecos dos tiros sem saber se é sonho ou realidade e acabarei por dormir. Não é nada. É apenas mais um tiroteio de madrugada numa favela ao lado.

2.1.1991

Daltônicos de todo mundo, uni-vos!

Vocês não sabem como é desnorteante a vida de um daltônico.

E provavelmente alguns de vocês não sabem nem o que é um daltônico. Também não o sabia. Mas foi numa aula de geografia, aos 12 anos, que comecei a suspeitar que não era uma pessoa normal. Ainda não sabia que minha anormalidade tinha nome: daltonismo. Este nome só o fui aprender quando meu irmão mais velho, ao tentar entrar para o Exército, foi infamemente rechaçado sob a pecha de daltônico.

Lembro-me de quando ele voltou para casa, arrasado, porque não foi aceito como os outros colegas para fazer o CPOR. A família reunida na sala com o ar fúnebre, e ele como um personagem de Nelson Rodrigues no quarto ato de qualquer ópera: — sou um daltônico! e ficamos todos petrificados. Ainda bem que lhe disseram: — lugar de daltônico é na Aeronáutica, é lá que eles precisam de gente assim, pois o daltônico é capaz de descobrir as camuflagens do exército inimigo. Aí, o ego de toda família já começou a se levantar: ser daltônico era algo, algo mais, não era para qualquer um, e além do mais poderia salvar a pátria. Sim, deve ser daí que nos veio essa mania de querer salvar a pátria.

Daltônico: um sujeito que confunde as cores. O nome vem de Dalton, que em 1794 fez essa espantosa descoberta: algumas pessoas confunden o verde com o vermelho, outras

o amarelo com o laranja. Eu, quando me provocam, confundo o verde, o vermelho, o rosa, o azul, o laranja, o amarelo, o marrom, o cinza, enfim todas as cores a que tenho direito. Depende da incidência da luz e da cor que está por perto, porque as cores são safadinhas, ficam copulando umas com as outras ante os meus olhos perplexos. Nós os daltônicos vemos um mundo insuspeitado aos demais mortais. Vemos utopias onde outros veem tragédias. Deve ser por isto que nunca via nada demais na legalização do partido comunista. O vermelho pode ser verde, e o verde pode ser vermelho, como, aliás, o demonstraram Luís Carlos Prestes e Plínio Salgado na década de 30.

Mas voltemos àquela aula de geografia onde abruptamente o professor me revelou que nem tudo era azul nas costas da Dinamarca. É que eu havia feito caprichosamente um mapa onde deveria destacar os oceanos do mundo. Com que carinho eu o fizera! E, no entanto, ali está o professor me devolvendo o mapa com a nota três, e ainda estou começando a me assustar quando ouço sua verberação achando que, de molecagem, eu pintara os oceanos de roxo.

Não, os não daltônicos jamais saberão que profundidades luminosas ondeiam no oceano dos olhos de um daltônico!

Daí, o meu apelo: — daltônicos de todo mundo, uni-vos! Somos uma minoria incompreendida, que precisa se organizar agora que todas as minorias já acharam o sentido político de suas vidas nesta década. E dou mais razões para isto. Por exemplo: não é só o Exército que nos rejeita. Também o Detran. Só o amor da Aeronáutica não nos salva. O Detran nos odeia, e se pudesse nos exilava a todos numa ilhazinha: — a dos despossuídos de carteirinha de habilitação para dirigir, porque confundem uma corzinha ou outra.

Todos os meus exames de vista para tirar carteira de motorista foram um misto de comédia e patetismo. O funcionário ali achando que eu estava gozando. Mas também quem manda eles ficarem com aqueles livros cheios de números escritos com bolinhas de todas as cores que se confundem? Não queriam confundir? Então aguentem. E, além do mais, quem manda ficarem misturando ali no grande painel vários sinais luminosos? Então, por que espantar se chamo o vermelho de laranja, ou o verde de amarelo?

Daí, de novo, o apelo: — daltônicos de todo mundo, uni-vos! Vamos à Unesco ou à Anistia Internacional. É preciso que os sinais de trânsito sejam feitos em formatos diferentes. Quadrado: pare. Triângulo: espere. Redondo: continue. Ou que inventem outras soluções, como as que vi os alunos de desenho industrial da PUC ensaiarem. Sobretudo, senhores das cores do mundo, acautelai-vos, porque além dos vossos mundos e cores há outras cores povoando o mundo dos outros.

9.6.1985

O comício de
um homem só

Em plena rua de Ipanema ouço uma estranha voz e localizo um mulato forte fazendo um discurso, mas com um megafone montado com copos de papelão de alguma lanchonete. A primeira impressão é a de que é alguém fazendo propaganda de alguma loja ou um desses protestantes que solitariamente querem converter o universo. Mas olho mais atentamente a figura e vejo que sua camisa está toda molhada de suor e algumas pessoas estão prestando atenção em sua fala. No seu corpo estão pregados recortes de jornais e ele gritando desinibidamente: "Quero ser Presidente da República. Quero também poder roubar para ficar rico. Quero comer churrasco e beber uísque estrangeiro e viver na mordomia".

Apesar de lermos os jornais todos os dias e estarmos abismados com o baixo nível ético do país, não é todo dia que se ouve isto assim em plena rua. Nas mãos o homem exibia seus documentos e carteiras a demonstrar que era um trabalhador. E continua: "Trabalhei oito anos na Nova América e agora estou desempregado. Deem-me um emprego qualquer porque não posso mais ver mulher e filhos passarem fome. Não me forcem a ser ladrão. Ou, então, me elejam Presidente da República".

Perplexo ainda, pensando em me aproximar do tipo, de repente, uma mulher pobre de meia-idade, com duas crianças, me aborda: "Sou a mulher dele. Não é doido, não. É fome, moço. Aqui estão os meus dois filhos, e deixei outro em casa". Estendeu-me um chapéu onde depositei o dinheiro. E enquanto a mulher dele se desculpava por essa situação, invertendo a cena, comecei a me desculpar ante ela pela situação dela e pela situação do país. Pois este é o absurdo a que chegamos: a vítima tem que pedir desculpas por ser vítima, o pobre pede desculpa por passar fome, o desempregado pede desculpa por não lhe darem emprego.

O discurso cínico daquele pobre amargurado não despertou o riso em ninguém. As pessoas, ao contrário, estavam invejando a sua desgraçada coragem e em silêncio faziam coro. Aquele homem ali, aparentemente sozinho, era um espetáculo duplo. De um lado era o avesso da alegria e da esperança que milhões de brasileiros vivemos juntos na praça durante a campanha das diretas. Era o comício de um homem só. De alguém que não acredita mais em promessas e assume seu cínico protesto.

Aquele trabalhador repõe publicamente uma questão fundamental da cultura brasileira. Pois os que tentam explicar o Brasil através das mais variadas teorias têm notado uma diferença fundamental entre a nossa cultura e a americana. Lá, o heroísmo e o individualismo são uma virtude. Estão aí todos os filmes de faroeste e guerra, exibindo o culto do gesto heroico. Ao contrário, assinala-se em nossa formação essa vocação de estar em cima do muro, o gosto de levar vantagem a todo custo, exatamente como está sendo demonstrado no espetáculo aético do leilão de votos e consciências em que as pessoas se vendem aos magotes, conquanto continuem no poder. E assim reforça-se entre nós a dissolução do indivíduo e se incrementa a vocação de invertebrado. Com efeito, essa campanha eleitoral tem sido uma série de marteladas para quebrar a vértebra moral do país a golpes de dinheiro. Querem deslocar vértebras e coluna, que nenhum Nishimura fortuito poderia jamais corrigir.

— Mas será que somos mesmo um país de invertebrados? Aquele anônimo trabalhador não sabe, mas ele é quem nos reanima. Ele descobriu muito bem a sua solução. Botando a boca no mundo, ele vai recolhendo o dinheiro de que precisa para sobreviver e pela denúncia faz uma catarse de sua angústia. Desesperado, ele achou sua solução. E aí está a lição: cada um pode fazer alguma coisa. Qualquer coisa, menos ficar em pura contemplação do abismo. Se cada um fizer um pequeno gesto que seja, diariamente, para tirar esse país do pântano, acabará por encontrar eco. O comício de um homem começa com ele mesmo. Sobe no caixote de sua consciência e grita. E um grito se junta a outro grito. E, como dizia o poeta João Cabral: assim como um galo pega no ar o grito de outro galo, todos juntos, na alvorada, irão tecendo a manhã.

28.10.1984

Cumplicidade de mãe e filha

A mãe, com as duas filhas adolescentes, passou por mim na rua movimentada. Todos os dias passam por nós mães com filhas adolescentes em ruas movimentadas. Mas aquela, com as suas filhas, chamou-me a atenção, me fez parar, virar a cabeça para vê-las se afastando de braços dados num ti-ti-ti característico.

Disse ti-ti-ti, e era isto mesmo. Elas iam periquitando num ti-ti-ti de mãe e filhas, de fêmea e crias. As meninas do lado, a mãe no meio. No meio emocional. E a filha da esquerda dizia: "porque aquele vestido da vitrina"... "mãe, acho que o meu presente" — dizia a da direita. E a fala de uma e outra foi se picotando e se afastando deixando rastros assim: "com que sapato devo ir?"... "ela já ganhou a blusa, eu não". E a mãe respondendo: "você não acha que está pedindo demais?"... "já não te dei o sapato que queria?"... "você às vezes me cansa, para com essa mania de querer tudo o que vê"...

As frases eram banais. E agora ao lembrá-las penso que poderia fazer uma crônica só dessa conversinha de mãe e filha, a exemplo do que fez certa vez Fernando Sabino, com frases de mãe ralhando com filho. Mas há algo diferente que me atrai naquela mãe e filhas. Nelas surpreendi, de relance, uma coisa chamada cumplicidade. Uma cumplicidade da qual, talvez, não se dessem conta.

Quem as visse, de um ponto de vista banal, diria: lá vai uma jovem e bela mãe com duas filhas adolescentes, que estão aprendendo a ser belas. Mas não era só isto. Era cumplicidade mesmo, num sentido que eu mesmo estou tentando entender. Por isto, parei na rua para decifrar o que se passava ante o texto de meus olhos.

E ali mesmo me veio essa frase-sensação: as mulheres são mais cúmplices dos filhos e filhas que nós, os compactos e solitários machos, cuja cumplicidade acanhada se desloca e vai se exibir nas mesas dos bares com os amigos ou nos almoços e reuniões de diretoria. Aí a confraria dos homens exercita enviesadamente o seu afeto. O afeto e a agressividade. Porque a cumplicidade não se realiza só em carinhos. Também nas agressões sibilinas ou explícitas ela se insinua concretamente.

É isso: a mulher e as duas filhas personificaram algo que eu percebia, mas não tinha ainda configurado. Deixaram assim de ser três pessoas quaisquer, numa tarde qualquer, de uma cidade qualquer. Posso até dizer onde isto aconteceu. Foi na Visconde de Pirajá, às 4h23 em frente ao número 444. E se isto teve um cenário tão exato é porque dentro de mim se desenhou mais claramente essa sensação: as mulheres são mais cúmplices dos filhos e filhas que nós, os compactos e solitários machos.

Repito essa frase e acrescento assustado: nós, os exilados do afeto. Por nós mesmos, pelas relações familiares e sociais, que avalizamos.

As fêmeas têm com as crias uma intimidade invejável. Os machos são limitados. Limitam-se até biologicamente. A intimidade física, verbal, afetiva das mães com os filhos e filhas começa no ventre. Aí, nós os homens já estamos (literalmente) meio por fora. E depois vem a amamentação, nova cumplicidade exteriorizada. E depois ainda os passeios diários com a criança pelas praças ou praia, levar e trazer ao colégio e à piscina, pegar e levar à aula disto e daquilo, enquanto o pai está lá dispersando sua afetividade em papéis, que jogará no lixo diariamente ou arquivará para poder jogá-los todos pela janela no fim do ano.

Enquanto isto a cumplicidade entre a mãe e as crias continua. Com a filha, as primeiras revelações e escolhas: do sutiã, do batom, da roupa de aniversário. A filha aprendendo a dizer aqueles nomes da vaidade e da descoberta do corpo: vestidos drapeados tecem conversa de uma e outra; tecidos plissados e *evasé* costuram suas preferências; os cremes para pele, os emolientes, os chás para avermelhar ou clarear os cabelos tingem suas horas; as técnicas de depilação, as visitas ao cabeleireiro, a peregrinação peripatética pelas butiques da vida, tudo isto vai desenrolando os intermináveis e sensuais rituais femininos.

E o homem meio de longe, meio de banda. Até a primeira cueca para o filho é a mãe que compra. O homem parece assumir o filho só na hora de passar-lhe a oficina e o escritório. Alguns conseguem cumplicidade na hora de jogar tênis, mergulhar, conversar sobre a moto, lavar o carro. Mas é pouco.

Enquanto isto, por divisão de trabalho, os homens estão alienados desse contato físico-emocional com os filhos. Claro, existe o fim de semana. Aí é dado ao pai lembrar-se de que é pai. Mas é pouco. Na França, domingo de manhã, o pai sai com os filhos para comprar pão e jornais. Nos Estados Unidos, nos feriados, os políticos se fazem fotografar com a família, esquiando e cavalgando. Mas é pouco.

Enquanto isto, mães e filhas desfilam a natural cumplicidade numa rua qualquer, numa cidade qualquer, aos olhos de qualquer um.

21.12.1988

O pôr do sol no Peloponeso

Agora que as férias acabaram e todo mundo está voltando com as malas cheias de narrativas fantásticas, devo advertir que é necessário desconfiar. Desconfiar sempre, como dizem em Minas. Porque se há um lado de revelação e encantamento, a viagem é quando o ser humano entra em total desamparo. Fica tão exposto e frágil quanto um recém-nascido. Por isto, toda vez que vejo um turista com aquele olhar de santo paspalhão pedindo socorro e informações, tenho ímpetos de acolhê-lo em minha casa, dar-lhe sopa quente, cobertor e cantar-lhe uma canção de ninar.

E eu que tenho falado tão bem de viagens, devo confessar: há viagens que são um equívoco total. Já nem falo de ser roubado, o hotel não ter feito reserva, perder avião. Falo de desamparo mesmo. Como aquele casal que estava saindo num táxi depois de horas agradáveis numa boate no Egito e, de repente, vê o chofer parar o carro, furioso pegar uma espada e partir para cima deles, que começaram a correr em volta do carro, como num filme de comédia, até se escafederem por uma rua, assustadíssimos, sem entenderem nada. É que homens e mulheres não podiam se beijar na lua cheia, segundo a religião do motorista, e por isto o casal brasileiro quase foi degolado no Cairo.

Por exemplo: se eu dissesse que vi o pôr do sol no Peloponeso as pessoas iam ficar imediatamente mortas de inveja.

Ah, o pôr do sol no Peloponeso! Ah, a Grécia! Os mitos! Uma lua de mel entre ilhas mágicas! Um Peloponeso na minha vida, era tudo o que eu precisava!

Mentira. Eu lhes digo o que é um pôr do sol no Peloponeso.

Primeiro alguém lhe conta num belíssimo cartão-postal vindo da Grécia que está num navio indo da Itália para a Grécia. E descreve tantas e tais maravilhas, que você já não quer mais nada, senão vender terreno e ações, fazer dívida e pegar aquele navio com a pessoa amada.

Foi o que fiz. A companhia de turismo nos dizia que desceríamos de trem em Brindisi, sul da Itália, e a estação era em frente ao cais. Não era. E chovia. E até descermos as malas os táxis acabaram. Andando na chuva com malas consegui um.

Chegamos ao porto. Não se entrava logo no navio. Subíamos e descíamos prédios carregando malas, carimbando passaportes, até chegar na escada do navio. Chovia. E havia uma fila. E chovia. E havia três andares para subir de escadas. Nenhum funcionário para subir as malas. Ao contrário. A fila não andava. Porque em cada andar havia um funcionário com uma mesinha para recarimbar documentos.

Enfim, chega-se ao convés. E toca a procurar a cabine. Acho que tinha dois metros quadrados. Se um abrisse a mala ou o armário, o outro tinha que sair da cabine. Mas o que é isto para quem vai ver o pôr do sol no Peloponeso? Enfrenta-se tudo e uma enorme fila no restaurante-bandejão, porque o pequeno restaurante, que é melhor, tem horário certo e já fechou.

Mas o Peloponeso, Delfos, Atenas, Corinto, Homero, Macedônia e Beócia nos esperam. Beócios estamos nós vendo o tombadilho coalhado de estudantes dormindo pelo chão. E, como chovia, se amontoavam como num navio de imigrantes. Mesmo assim, apagamos. Mas não se sabe por que, às cinco da manhã marinheiros aflitos batem em nossa porta, anunciando ilhas, que nenhum sonolento quer ver.

Até depois do almoço não há novidades no front. Mas começam a avisar por alto-falante que todos os passageiros tinham que se dirigir às três da tarde para o convés esquerdo para o desembarque. E como exigem que evacuemos a cabine começamos a subir e descer escada com malas até chegar ao convés. Ia-se desembarcar em Patras. A multidão que ali estava acumulada com mochilas e malas parecia estar filmando o desembarque do Exodus na Palestina. E ali permanecemos, como sardinhas, para nada, duas horas em pé, sem poder voltar para dentro do navio, sem poder descer.

E começa o entardecer no Peloponeso. Lá pelas seis apenas descemos aos trambolhões com malas. Andaremos quinhentos metros, com malas, atravessando todo o cais. E como a fila para trocar moedas gregas é grande, e passam os turistas em grupo na frente, perderemos o trem para Atenas. E como não há mais táxi, andaremos um quilômetro. Agora sei o que são a Maratona e os Doze Trabalhos de Hércules. Enfim, famintos e desolados, descolamos um ônibus tardiamente para Atenas. Aí um grego gentil me promete um belíssimo hotel, que era tudo o que precisávamos. Claro, em Atenas o chofer nos levou para uma pocilga, pois ganhava para isto. E às duas da manhã mudei para uma pocilga melhor, até poder no dia seguinte começar uma viagem realmente encantatória, inigualável, inesquecível.

Mas por enquanto estou com a mulher no convés do navio olhando para o porto de Patras, num vento frio safado. Eu, desoladíssimo, olho para ela procurando cumplicidade. E ela, magnânima, compreensiva e generosa aponta para o horizonte e diz irônica: "Olha, o pôr do sol no Peloponeso!".

Olhei e vi. Era realmente o pôr do sol no Peloponeso.

6.3.1988

O incêndio de cada um

A cena foi simples. Ia eu passando de carro pela Lagoa quando vi na calçada uma moça esperando o ônibus com seu jeans e bolsa a tiracolo. Nada demais numa moça esperando o ônibus. Mas eis que passou um caminhão de som tocando uma lambada. Aí aconteceu. Aconteceu uma coisa quase imperceptível, mas aconteceu: os quadris da moça começaram a se mexer num ritmo aliciante. Já não era a mesma criatura antes estática, solitária, esperando o ônibus na calçada. Ela havia se coberto de graça, algo nela se incendiara.

A fotógrafa veio fazer umas fotos. Estava com o pescoço envolto num pano, pois tinha torcicolo. E eu ali posando meio frio, fingindo naturalidade, e ela cautelosa com seu pescoço meio duro, tirando uma foto aqui, outra ali, quase burocraticamente. De repente ela descobriu um ângulo, e pronto: se incendiou profissionalmente, jogou-se no chão, clic daqui, clic dali, vira para cá, vira para lá, este ângulo, aquele, enfim, desabrochou, o pescoço já não doía. Ela havia detonado em si o que mais profundamente ela era.

Estamos numa festa. Aquele bate-papo no meio daquelas comidinhas e bebidinhas. Mas de repente alguém insiste para que outro toque violão. Aparentemente a contragosto ele pega o instrumento. E começa a dedilhar. Pronto, virou outra pessoa. Manifestou-se. Elevou-se acima dos demais, está além da banalidade de cada um. Achou o seu lugar em si mesmo.

Assim também ocorre quando vemos no palco o cantor dar seus agudos invejáveis, o bailarino dar seus saltos ou o atleta no campo disparar seus músculos e fazer aquilo que só ele pode fazer melhor que todos nós. Isto é o que ocorre quando o instrumentista pega o sax e sexualiza todo o ambiente com seu som cavernoso e erótico. Isto é o que se dá até quando um conferencista ou um professor entreabre o seu discurso e põe-se como uma sereia a seduzir a plateia, como um maestro seduz todo o teatro.

Há um momento de sedução típico de cada um. Quando o indivíduo está assentado no que lhe é mais próprio e natural. E isto encanta.

Claro, esses são exemplos até esperados. Mas há outros modos de o corpo de uma pessoa embandeirar-se como se tivesse achado o seu jeito único e melhor de ser. Digo, o corpo e a alma.

Mas nem todos podemos ser tão espetaculares. Nem por isso o pequeno acontecimento é menos comovente.

De que estou falando? De algo simples e igualmente comovente. Por exemplo: o jardineiro que ao ser jardineiro é jardineiro como só o jardineiro sabe e pode ser. E que ao falar das flores, ao exibi-las cercadas de palavras, percebe-se, ele está em transe. Igualmente o especialista em vinhos, que ao explicar os diversos sabores nos quatro cantos da boca faz seus olhos verterem prazer e embalam a quem o ouve com sua dionisíaca sabedoria.

Feita com amor, até uma coleção de selos se magnifica. Se torna mais imponente que uma pirâmide se a pirâmide for descrita ou feita por quem não a ama. É assim que pode entrar pela sala alguém e servir um cafezinho, mas sendo aquele o cafezinho onde ela põe sua alma, ela se torna de uma luminosidade invejável.

Cada um tem um momento, um gesto, um ato em que se individualiza e brilha. Nisto nos parecemos com os animais e peixes ou quem sabe com as nuvens. Animais e peixes têm isto: têm trejeitos raros e sedutores, cada um segundo sua espécie. Até as nuvens, como eu dizia, têm seu momento de glória.

Uma vez vi um pintor em plena ação, pintando. Meu Deus! O homem era um incêndio só, uma alucinação. Sua respiração disparou, ele praticamente bufava, parecia mais um cavalo de corrida, indômito, indócil. E sua face vibrava, havia uma febre nos seus gestos. Era uma erupção cromática, um assomo de formas e volumes.

Então é disso que estou falando. Dessa coisa simples e única, quando o que cada um tem de mais seu relampeja a olhos vistos. Quando isto se dá, quebra-se a monotonia e o indivíduo se transcendentaliza.

Pode parecer absurdo, mas já vi uma secretária transcendentalizar-se ao disparar seus dedos no teclado da máquina de escrever. Era uma virtuose como só o melhor violinista ou pianista sabem ser. E as pessoas achavam isto mais sensacional que se ela estivesse engolindo fogo na esquina.

Isto é o que importa: o incêndio de cada um. Cada qual deve ter um jeito de deflagar sua luz aprisionada. As flores fazem isto sem esforço. Igualmente os pássaros. Todos têm seu momento de revelação. É aguardar, que o outro alguma hora vai se manifestar.

13.1.1991

O humor nos explica

As piadas que um país faz sobre si mesmo deveriam merecer profundas análises. Talvez fossem mais reveladoras que caríssimas enquetes e vastos tratados analíticos.

Penso nisto lembrando as piadas sobre latino-americanos que me contaram no México. Narradas nos intervalos dos coquetéis e jantares daquele colóquio seriíssimo sobre "identidade" e "integração" na América Latina, funcionavam como recreio, interstício e discurso cômico e crítico.

Por exemplo, Gorbachev, Reagan e um presidente latino-americano estavam tão cansados dos problemas que enfrentavam, que resolveram chamar Deus para socorrê-los diretamente. Deus chegou na Rússia e Gorbachev lhe disse:

— Olha, Senhor, esta crise econômica, o Afeganistão, os dissidentes, a *guerra nas estrelas* dos americanos, o pessoal da linha dura que está atrapalhando a *perestroika,* tudo isto está me causando problemas insolúveis. Como é que vou resolver? Quando isto vai acabar?

— Não se preocupe — disse-lhe Deus —, até o fim do seu mandato tudo estará resolvido.

E Deus foi então visitar Reagan. E ali ouviu outras lamúrias:

— Olha, Senhor, o tremendo déficit interno, esses problemas na América Central, o dólar despencando, o Gorbachev cada vez mais popular... como é que vou resolver? Quando isto vai acabar?

— Não se preocupe — disse-lhe Deus —, até o fim do seu mandato tudo estará resolvido.

Chega Deus então a um país latino-americano e ouve de seu presidente:

— Olha, Senhor, essa miséria e subemprego, essa crescente dívida externa, a corrupção, essa constante ameaça de golpe de estado... como é que vou resolver? Quando isto tudo vai acabar?

— Não se preocupe — disse-lhe Deus —, até o fim do meu mandato tudo estará resolvido.

Uma pessoa morreu e chegou ao Inferno. Já ia entrar, quando o demônio lhe perguntou na entrada: — Pra qual inferno o senhor vai? — O condenado ficou surpreso. Achava que o inferno era um só.

— Como assim? Há outro?

— Sim — responde Satanás. — Pode escolher. Há o inferno alemão e o latino-americano.

— Como é que funcionam?

— No alemão, começam a espetar o condenado às cinco da manhã. Às seis toma um banho de chumbo derretido. Às sete come enxofre com fogo. Às oito seu corpo é levado à grelha. Às nove tortura generalizada... — E assim foi narrando as emoções fortes do inferno alemão até a meia-noite.

— E o inferno latino-americano, como é?

— Bom, começam a espetar às cinco da manhã. Às seis um banho de chumbo derretido. Às sete come enxofre com fogo. Às oito seu corpo é levado à grelha. Às nove tortura generalizada...

— Mas é igual ao alemão! Qual a diferença?

— É que no inferno latino-americano o demônio que vai te espetar esquece de acordar, ou às vezes marca ponto e desaparece. Esquecem de ligar o fogo e o banho de chumbo é suspenso. O fogo e o enxofre estão sempre em falta... e assim por diante.

Um psicanalista telefona emocionado para outro:

— Colega, venha aqui correndo, acabo de descobrir a neurose do século, um caso imperdível, venha conhecer.

Do outro lado da linha o outro analista se escusa, diz que não tem tempo, mas o primeiro continua insistindo e tanto insiste que o segundo lhe diz:

— Então me adiante alguma coisa para saber se vale a pena mesmo.

— É um caso de complexo de inferioridade!

— Ora — diz o segundo analista —, que coisa banal, me chamar por causa disto?!

— Mas acontece — diz o outro completamente transtornado —, acontece que ele é argentino!...

Estou eu no táxi na Cidade do México e o chofer me indaga:

— No seu país tem corrupção?

Falei orgulhoso, é claro! Então, disse o chofer, vou lhe contar uma piada que vai entender.

— Fizeram um concurso para saber qual o país mais corrupto do planeta. Sabe que lugar o México tirou?

Eu, meio diplomático e pensando no absurdo das piadas, disse:

— O último.

— Não.

— O primeiro — ousei de novo, temendo acertar.

— Não. Tirou o segundo.

— Por quê? — faço então a indagação fatal, que dará ao outro o prazer da gozação.

— Porque pagamos para ficar em segundo lugar.

Um homem, uma mulher

Passo por uma rua e vejo um homem e uma mulher. Não se conhecem e estão parados ao lado um do outro num ponto de ônibus. Cada um olha para um lado, distraídos, fechados em sua imaginação e problemas.

Não adianta descrever-lhes as características físicas, suas classes sociais e idade. São simplesmente um homem e uma mulher. Inúteis entre si. Cada um é cada qual, cada um é cada onde, cada um é cada como, cada um é cada quando, cada um é cada. E se ignoram.

Não sabem que acabei de vê-los. De vê-los no passeio do meu texto. Devem estar ali há uns desperdiçados quinze minutos, à toa.

À toa como uma gazela à toa à beira do lago que não vem.
À toa como um agricultor à beira do verde que não vem.
À toa como o astrônomo fitando a estrela que não vem.

Esperam. Esperam o mesmo transporte. E se desconhecem profunda e urbanamente.

Estão num mesmo ponto de ônibus, mas são dois pontos. Mas dois pontos pressupõem que algo vai acontecer. E dois pontos estão sempre no meio de uma sentença em construção. Mas estes são dois pontos sem vibração. Não há sujeitos, predicados e complementos entre eles. Não se falam. Não se olham. Não se vivem. Parecem-se mais a um ponto-final. Poderiam ser um ponto de partida.

Mas há algo na máquina de seus corpos estacionados que não dispara a ignição.

Já nem importa se vivem na mesma rua, mesmo bairro, pois parecem morar na mesma cidade, mas nada se desencadeia entre eles. De nada adianta conferir que têm externas identidades: duas pernas, dois braços e uma faminta solidão na boca.

Se desconhecem agressivamente e não posso ajudá-los.

Deveria gritar do outro lado do instante algum código que juntos decifrassem?

Deveria disparar um alarme para que suas carnes se incendiassem?

Deveria, sei lá, lançar um manifesto para que seus sonhos se manifestassem?

Deve ser por isto que Deus às vezes manda um cometa, um profeta, um arco-íris, uma tragédia qualquer no estremecimento das ferragens e ossos. É para que os homens convirjam num mesmo ponto, num mesmo instante e rompam a segregada solidão procriando a jubilosa parceria.

Eles estão ali como duas estátuas na mesma praça.

Eles estão ali como dois colegas de escritório, sorrindo cordialidades superficiais, mas sem qualquer intimidade.

Eles estão ali como dois corpos estendidos na areia do verão, queimados e lindíssimos e inutilmente apartados, embora o calor do sol os tente fundir num mesmo e luminoso orgasmo.

Já estou no meio de meu olhar textual e até agora nenhum olhou para o outro. Se acontecesse, súbito, que um raio desses de filmes de ficção científica se abatesse sobre um deles e só deixasse no chão, como resto, uma sombra, o outro jamais poderia revelar que rosto tinha o seu inútil companheiro de espera.

Se alguém, súbito, sequestrasse um deles, o outro seria incapaz de contar à polícia sequer a cor de seus cabelos ou o menor sonho exposto nos olhos do que sumiu.

Que terrível, que incomensurável, que intransponível a solidão no corpo de dois desconhecidos.

Que triste, que aviltamento, que desperdício entre dois desconhecidos se aniquilando num duro silêncio, na mesma rua, num mesmo ponto de ônibus, na mesma companhia inútil. Tão pungente como dois casados que durante 35 anos fizeram amor sem se amarem. Tão desvinculado como dois condenados à morte que chegam ao mesmo patíbulo na mesma hora, por duas e inúteis trágicas estórias.

Estão distantes um do outro como dois continentes sem conteúdo. Desabitados, portanto, nas próprias paisagens. Vontade e ímpeto não me faltam de chamar agentes de turismo e conectá-los pelo mar dos beijos, fios de paixão pelos cabelos e o voo das mãos desembarcando, no aeroporto, afetos.

Esses dois androides vieram de diferentes galáxias. Precisam ser apresentados. Estão indo para o mesmo lugar e estão cosmicamente desamparados.

Vou apresentá-los um ao outro. Quem sabe florescem?

Vou pôr a mão de um na mão de outro. Quem sabe se aquecem?

Vou pôr um no olho do outro. Quem sabe se enternecem?

Dois corpos que antes foram nulos e foscos e se inscreveram na calçada sem estória podem se incendiar e abrir clareiras na escura hora. Dois corpos são duas possibilidades. E, se souberem, podem entre si, num ponto do dia, desencadear a aurora.

A dura vida do turista

Há situações nas quais você entra como alguém que cai numa corredeira: as águas descem velozes batendo nas pedras e você ali no seu barquinho, jogando pra cá, jogando pra lá, com a sensação que vai se espatifar, naufragar, sumir sem qualquer socorro possível.

Uma amiga me diz que é isso que sente toda vez que tem que se internar num hospital: não tem mais controle da situação. Já outro amigo me diz que isto é o que sente quando entra com um pedido qualquer numa repartição pública: ninguém sabe o que vai acontecer, que exigências e propinas vão querer e quanto tempo vai ficar naquele purgatório.

Mas acho que essa cena da corredeira serve muito para exemplificar o atordoamento do turista num país estrangeiro. Nada há mais desamparado que um turista à mercê de códigos e situações que o traem.

Por exemplo: estou naquele lindo hotel art nouveau na praça de Zocolo, na Cidade do México. Hotel finíssimo. Claro que à noite já me havia acontecido uma coisa estranha: havia acabado de chegar, posto minhas roupas nos cabides, e já dormia, quando às três da manhã batem em minha porta, pergunto o quê-quem é? e me dizem lá de fora que aquele quarto estava reservado para outro e que eu teria que sair.

Eu, pasmo. Completamente pasmo. Convidado oficial do governo para assistir a um encontro de intelectuais e de oito presidentes latino-americanos... nem vê! disse logo para

velho Jensen dinamarquês — pois não é todos os dias que dois dinamarqueses chamados Jensen se encontram nos pampas argentinos.

No caminho, o filho ia indagando sobre a Dinamarca, que seu pai dizia ser a terra prometida, onde as vacas davam cem litros de leite por dia. Na casa, há cinquenta anos sem falar dinamarquês, estava o velho Jensen, ainda cercado de fotos, alguns objetos e uma abstrata lembrança de sua língua. Quando Jensen entrou na casa de Jensen e disse "bom dia" em dinamarquês, o rosto do outro Jensen saiu da neblina e ondulou alegrias. "É um compatriota!" E a uma palavra seguiam outras, todas em dinamarquês, e as frases corriam em dinamarquês, e o riso dinamarquês e a camaradagem dinamarquesa, tudo era um ritual desenterrando ao som da língua a sonoridade mítica da alma *viking*.

Jensen mandou preparar um jantar para Jensen. Vestiu-se da melhor roupa e assim os seus criados. Escolheu a melhor carne. E o jantar seguia em risos e alegrias iluminando cinquenta anos para trás. Jensen ouvia de Jensen sobre muitos conhecidos que morreram sem sua autorização, cidades que se modificaram sem seu consentimento, governos que vieram sem o seu beneplácito. Em poucas horas povoou sua mente de nomes de artistas, rostos de vizinhos, parques e canções. Tudo ia se descongelando no tempo ao som daquela língua familiar.

Mas havia um problema exatamente neste tópico das canções. Por isto, terminada a festa, depois dos vinhos e piadas, quando vem à alma a exilada vontade de cantar, Jensen chama Jensen num canto, como se fosse revelar algo grave e inadiável:

— Há cerca de cinquenta anos que estou tentando cantar uma canção e não consigo. Falta-me o segundo verso. Por favor (disse como se pedisse seu mais agudo socorro, como se implorasse: retira-me da borda do abismo), por favor, como era mesmo o segundo verso desta canção?

Sem o segundo verso nenhuma canção ou vida se completa. Sem o segundo verso a vida de um homem, dentro e fora dos pampas, é como uma escada onde falta um degrau, e o homem para. É um piano onde falta uma tecla. É uma boca de incompleta dentição.

Se falta o segundo verso, é como se na linha de montagem faltasse uma peça e não houvesse produção. De repente, é como se faltasse ao engenheiro a pedra fundamental e se inviabilizasse toda a construção. Isto sabe muito bem quem andou cinquenta anos na ausência desse verso para cantar a canção.

Jensen olhou Jensen e disse pausadamente o segundo verso faltante. E ao ouvi-lo, Jensen — o exilado — cantou de volta o poema inteiro preenchendo sonoramente cinquenta anos de solidão. Ao terminar, assentou-se num canto e batia os punhos sobre o joelho dizendo: "Que alegria! Que alegria!".

Era agora um homem inteiro. Tinha, enfim, nos lábios toda a canção.

2.3.1986

O Brasil na estrada

Estou voltando de um fim de semana em Friburgo. Mas poderia estar regressando de qualquer cidade brasileira, que a situação seria a mesma. É que às vezes uma melhor compreensão do Brasil a gente encontra não nos tratados, mas num simples incidente cotidiano.

Por isto estou ali na estrada. O trânsito vai fluindo normalmente. De repente, na altura de Itaboraí (como acontece frequentemente), o fluxo dos veículos vai ficando mais lento. Descobre-se a causa: lá está um policial de trânsito fazendo com que os automóveis entrem em fila única. Isto é uma técnica que costumam usar para evitar engarrafamentos, sobretudo quando vai chegando o verão. Tal técnica, acredito, deve dar certo na Escandinávia, nunca aqui nos trópicos. A polícia rodoviária deve ter pensado que usando este processo evitaria que na altura de Magé o trânsito virasse um pandemônio. Ela sabe que, se deixar, os motoristas vão começar a ultrapassagem pela contramão, uma vez que não há praticamente movimento aí. É uma forma também de evitar desastres.

Este é o problema. A polícia rodoviária é brasileira, mas não conhece os brasileiros. Porque ela apenas armou o cenário para a dramatização de mais uma cena representativa do caráter nacional. Vamos começar a assistir ao rito do "brasileiro esperto" que "leva vantagem em tudo".

Ali estou com a família tentando ser bom brasileiro. O trânsito é lento, mas se continuarmos assim chegarei ao Rio a tempo de encontrar Hans Magnus Enzensberger, esse poeta alemão que também ultrapassou os conceitos velhos de vanguarda e antivanguarda, moderno e pós-moderno e produz uma poesia politicamente ativa. Estou descendo a serra mais cedo por causa disto.

De repente, percebo que um carro lá longe, atrás de mim, passa para a contramão e vem desabaladamente, ultrapassando a todos nós, simples carneiros ali obedientes. Com isto, ele ganhou alguns quilômetros à nossa frente.

Mas vejo isto e percebo que lá vem outro brasileiro esperto, outro e mais outros, todos na contramão ultrapassando a manada que pacientemente acredita que a ordem social possa levar a alguma coisa.

Em breve já não somos uma fila única, mas uma fila dupla está se formando sem que surja qualquer guarda alemão ou sueco para controlar o que quer que seja. E a coisa não para aí. Está, ao contrário, apenas começando. A ultrapassagem agora não é só pela minha esquerda. Começam a avançar pela minha direita, contra todas as ordens de trânsito. São ônibus, caminhões e carros que vão andando metade no asfalto, metade no barro e lama. Parecemos um exército de ocupação, uma romaria. Alguns ônibus estão cheios de torcedores de futebol, que cantam e batem na lataria, hostilizando os que transitam na pista certa.

Minha mulher adverte que daqui a pouco isto vai virar estória de Cortázar: ninguém conseguirá andar, as pessoas vão ter que fazer *camping*, começar a comer o que resta e esconder os cadáveres dos que forem morrendo no porta-malas dos carros.

Nisto percebo que já não somos três filas apenas, mas quatro e cinco filas indo em direção ao caos. Lá de trás vieram outros espertinhos passando pelo matagal, pensando que seus carros são tanques. E não são meninões com tábua de *surf*, mas respeitáveis senhores e matronas, com bigode e pança, que na segunda-feira vão se assentar nos escritórios para dirigir o país. A irracionalidade é total. Não sei por que, me lembro de Enzensberger criticando os pseudovanguardistas: "Correndo em direção ao futuro, todos os cordeiros creem ser pastores".

Meu rádio, por acaso, capta a voz de um policial comentando o engarrafamento: "Câmbio/confusão geral/danou tudo/não tem mais jeito/câmbio". Agora, sim, estamos todos ali perfeitamente brasileiros e infelizes, enquanto a raiva raia sanguínea e fresca em nossos nervos. Ali estamos, achando que íamos iludir o FMI, que o capitalismo selvagem não nos prejudicaria. Ali estamos como o "deputado pianista" e o que vota seu desonesto *jeton*. Ali estamos como o militar, o ministro e o alto funcionário iludindo o imposto de renda. Ali estamos, posseiros e grileiros, governantes e governados, todos apalermados porque não sabíamos que a história do país pode engarrafar.

25.9.1985

Em território inimigo

Outro dia íamos pela avenida Brasil várias pessoas num carro, quando aquela que dirigia perdeu a entrada para a estrada de Petrópolis. Tal entrada é pessimamente sinalizada. E era noite.

Então, o carro seguiu até que achássemos o primeiro retorno à direita. E era noite. Mas se fosse de dia não seria muito diferente. Era no Brasil. Mas em Nova York já tive a mesma sensação.

Enquanto o carro ia penetrando por uma ou outra rua, perdidamente, procurando a via que nos reconduzisse à pista da avenida Brasil, começamos a nos dar conta de que, mais do que perdidos, estávamos começando a ficar com medo.

Sempre há uma aflição quando se perde o rumo. Surge uma sensação de pesadelo ou de amnésia e a pessoa começa a perder também sua identidade. Ter que perguntar a outros "onde estou?" passa a valer como "quem sou?". A rigor, as duas únicas pessoas que, segundo registra a história, se deram bem quando perderam o leme foram Colombo e Cabral. Hoje sabemos que estavam falsamente perdidos. E ali naquele carro havia dúvidas de que chegássemos ao oriente pelo ocidente, além do que a situação era de falsa calmaria.

Na verdade, a sensação era incômoda. Por ter saído da pista conhecida, achávamos que tínhamos caído num mundo ignoto e ameaçador.

E era outro mundo.

Não porque fosse de noite, repito. A noite certamente aumenta as incertezas. Era a convicção de que havíamos cruzado a fronteira.

Alguém no carro, ingênua e ousadamente, sugeriu:

— Vamos parar naquele bar e perguntar àqueles homens.

Ali estavam eles. Eram, como diria Mário de Andrade, "brasileiros que nem eu". E, no entanto, tivemos medo.

No carro, uns disfarçavam mais que outros o clima sutil, que ia do receio ao pavor. E isto nos deixou humilhados, tanto no sentimento de cidadania quanto no de amor ao próximo. Mas o fato é que não paramos. Rodamos, rodamos, rodamos até desembocar, aliviados, na avenida. Tínhamos voltado a um porto seguro.

Há alguns dias estava indo para o aeroporto Kennedy, em Nova York. E lá, alguns chofers de táxi gostam de cortar o caminho se enfiando por bairros como o Harlem. E era dia. E tive medo. Medo não somente quando o chofer deu numa rua sem saída debaixo de um viaduto. Não havia ali nada de especial, mas imediatamente comecei a pensar em filmes de terror. Tive aquela incômoda sensação de estar passando por um estranho e constrangedor cenário ao cruzar a agressiva sujeira daquelas ruas onde moram pretos e hispanos. Era difícil acreditar que aquela era parte da mesma cidade onde havia os prédios pós-modernos da Quinta e da Park Avenue.

Era preciso urgente achar a pista que me levasse de volta ao conhecido. Errar uma entrada de um viaduto pode nos jogar na boca do lobo.

Tenho a impressão de que na Idade Média era assim também. Fora dos muros do castelo começava a temerária aventura: podia-se cair nos braços dos salteadores de estrada, que às vezes eram até canibais. Quando derrubaram os muros das cidades com o Renascimento, pensamos que o mundo seria um iluminado e fraterno paraíso. Não foi, inventamos outros tipos de muros.

Volta e meia ouço alguém dizer de lugares onde se pode andar ainda com o espírito e as mãos desarmados. Mar del

Plata é assim. Um amigo que tem casa lá disse que não tem sequer chave na porta. Fiquei pensando se deveria alardear isto nesta crônica.

Também naqueles filmes americanos da década de 40 era assim. A porta dos fundos ficava sempre aberta e a da frente não tinha chave. Igualzinho ao interior do Brasil do meu tempo. No máximo se fechava a porta com uma tramela.

Perguntem a uma criança de hoje se sabe ao menos o que é uma tramela. As palavras somem com os objetos. As palavras somem como objetos diante de nosso desgaste moral.

Então, estamos condenados a não poder sair de nossa pista?

Não podemos mais errar uma estrada ou andar aleatoriamente a pé ou de carro como fazia uma amiga toda vez que se chateava com seu namorado e saía de carro por ruas desconhecidas pelo simples prazer de perder-se para se reencontrar e, se reencontrando, se iludir que se reencontrara apesar do namorado.

A fábula do Chapeuzinho Vermelho, vejam só, está mais atual que nunca. Temos que levar uma cestinha de um lugar a outro, mas só podemos andar por um caminho, pela pista mais movimentada da floresta, porque fora daí nos surpreenderá o lobo.

Escreveu-me um amigo que em Miami é um risco sair a pé à noite. E quem sair de carro, que feche bem os vidros.

Alguma coisa está errada na maioria das cidades.

Alguma coisa está errada. Nos homens e suas cidades.

13.5.1992

Conselhos durante um terremoto

A ruína nos dá lições de vida.

Desabam prédios no centro da Cidade do México num estrondoso terremoto. Racham pias, os espelhos se partem, água escura irrompe das paredes e tudo começa a afundar. Na rua os carros balançam igual gelatina, começa uma chuva apocalíptica de vidros e depois tijolos, ferro e pó, até que a morte se esconda sob os escombros.

Mas a todo instante nos chegam notícias de que bebês sobreviveram seis dias sob os destroços, casais resistiram amando sob os entulhos, e outros, apesar de desabarem inteiramente com os edifícios, chegaram ao solo intatos.

Então é lícito pensar que, embora muitos pereçam, a ruína nos dá lições de vida. Pois desabam os casamentos, os negócios, a saúde e os regimes, mas não se sabe de onde nem por que milagre surgem forças, propiciando o resgate e nos livrando do total aniquilamento.

Todos já estivemos e estaremos em algum terremoto. Um terremoto é quando a paisagem nos trai. Um terremoto é quando se quebrou a solidariedade entre o seu ponto de vista e as coisas. Um terremoto não é só quando o caos demoniacamente toma conta do cosmos. Um terremoto, eu lhe digo o que é: é a hora da traição da natureza. Ou da traição também dos homens, se quiserem. Um terremoto, minha amiga, é quando como agora você está se separando. Você me diz de soslaio, como que saindo, querendo-e-não-querendo conversar, você vai me dizendo que seu casamento está desmoronando. Você está embaixo da pele, com a voz meio sepultada lançando um grito de socorro, e aqui com a equipe de salvamento lhe posso apenas lançar a frase: a ruína nos dá lições de vida.

Terremoto é a hora da traição do amigo, que invejoso concorre como inimigo e lança fel onde a amizade era mel, e envenena a rima de seus dias sendo Caim em vez de Abel.

Por isto, há que afixar conselhos sobre a hora do terremoto. Como nos abrigos antiatômicos, nas indústrias do perigo, há que adiantar as medidas a serem tomadas quando o terremoto vier. Daí o primeiro conselho em caso de tal tragédia: não entre em pânico acima do tolerável. Lembre que todo terremoto é passageiro. Porque este é o sortilégio dos terremotos: nenhum terremoto é permanente, embora muitos e tanta coisa nele pereçam para sempre. Mesmo os mais profundos e autênticos cataclismos não duram mais que pouquíssimos, embora diabólicos, minutos. Vai ser terrível, mas vai passar.

Outro conselho: embora rápido e fulminante, nada garante que ele não torne a se repetir. Há que estar atento também para o fato de que esse movimento de terra é interior e exterior. O que desabou por cima não é tudo. É sintoma apenas do que se moveu por baixo. Naqueles terremotos do México, depois do primeiro e do segundo, as agências noticiaram um outro, mas que foi apenas subterrâneo. Diziam: é a acomodação das camadas geológicas. Incômoda acomodação é essa. Mas um terremoto autêntico vem mesmo das profundas e a superfície só vai acalmar quando as camadas geológicas lá dentro se ajeitarem de novo.

Sobretudo, depois do terremoto há que aprender com as ruínas. Porque os engenheiros que me perdoem, mas a ruína é fundamental. É a hora do retorno. E se vocês me permitissem discretamente citar Heidegger, com ele eu diria que a ruína só é negativa para aquele que não entende a necessidade da demolição. Pois a tarefa do homem é refazer-se a partir de suas ruínas. Temos mais é que catar os cacos do caos, catar os cacos da casa, catar os cacos do país. Depois da demolição das fraudes, desmontando a aparência do ontem, poderemos nos erguer na luminosidade do ser. Ruína, neste sentido, não é decadência. Ao contrário: é a hipótese de soerguimento.

As ruínas do presente nos ensinam que um terremoto é quando não há mais o centro das coisas. E no México foi o centro, o centro do centro — a capital, que foi arrasada. Mas aprendendo com a ruína, ali já nos prometem o verde. Já tracejam planos de jardins onde crianças e flores povoarão o amanhã.

Amigo, amiga: terremotos ocorrem sempre e muitos aí perecem. Mas a função do sobrevivente é sobreviver reconstruindo.

A ruína, além da morte, nos dá lições de vida.

2.10.1985

Conhecendo
o autor

Affonso Romano de Sant'Anna

A prosa poética

Crônica e poesia: dois gêneros em que Affonso Romano de Sant'Anna escreve com muito talento e sensibilidade.

Caçula de uma família de seis irmãos, Affonso Romano de Sant'Anna nasceu em Belo Horizonte, no ano de 1937. Começou a escrever para os jornais de Juiz de Fora ainda adolescente. Affonso foi presidente da Biblioteca Nacional, a oitava do mundo, com mais de oito milhões de livros, mas foi a pequenina biblioteca doméstica de seu pai que o conduziu ao mundo mágico dos livros. Durante muito tempo ficou dividido entre o jornalismo e a literatura e acabou conseguindo conectar os dois mundos ao escrever crônicas, falando do cotidiano com um lirismo próprio de um literato. Depois de passar a infância e a adolescência em Juiz de Fora, Affonso Romano de Sant'Anna foi fazer faculdade de Filosofia em Belo Horizonte, onde começou a lecionar logo depois de formado (1963). Em 1965 foi chamado para lecionar literatura brasileira na Universidade da Califórnia, onde ficou até 1967. Lecionou literatura brasileira também na Universidade do Texas, Aix-en-Provence e Köln.

Em 1963 foi um dos organizadores da Semana Nacional de Poesia de Vanguarda, em Belo Horizonte. Em 1973 organizou no Rio e em várias outras cidades a "Expoesia", evento que reuniu mais de quatrocentos poetas do país e constituiu um grande balanço da poesia brasileira e da entrada da "poesia marginal" no sistema literário. Criou a revista *Poesia Sempre* (da Biblioteca Nacional), que tem desempenhado papel importante na exportação da poesia brasileira. Essa mesma revista já foi apresentada na Europa e nos Estados Unidos.

Em 1984 foi convidado a substituir Carlos Drummond de Andrade como cronista no *Jornal do Brasil*. Tamanha honra teve uma justificativa: sua tese de doutorado, que recebeu quatro prêmios nacionais e teve quatro edições, foi sobre o grande poeta.

Vários dos textos poéticos e crônicas de Affonso Romano de Sant'Anna já foram levados ao palco e tem músicas gravadas com Martinho da Vila, Fagner e Rildo Hora.

Referências bibliográficas

Os textos que compõem esta antologia foram extraídos das seguintes obras:

- "O comício de um homem só", "Daltônicos de todo mundo, uni-vos!", "Conselhos durante um terremoto", "O Brasil na estrada", "O vestibular da vida", "O segundo verso da canção", "Encontro com Bandeira": *A mulher madura*. 3. ed. Rio de Janeiro, Rocco, 1987.

- "Da minha janela vejo", "Aquela menina às margens do igarapé", "Belafonte e Mister Ibidem", "Um homem, uma mulher", "Perto e longe do poeta", "O humor nos explica": *O homem que conheceu o amor*. Rio de Janeiro, Rocco, 1988.

- "Quando se é jovem e forte", "Cumplicidade de mãe e filha", "Amor, o interminável aprendizado", "O homem das palavras", "A dura vida do turista", "A ilusão do fim de semana", "O pôr do sol no Peloponeso": *A raiz quadrada do absurdo*. Rio de Janeiro, Rocco, 1989.

- "Porta de colégio", "De que ri a Mona Lisa?": *De que ri a Mona Lisa?* Rio de Janeiro, Rocco, 1991.

- "Quando as filhas mudam", "Homem olhando mulher", "O incêndio de cada um", "Apenas um tiroteio na madrugada", "Assaltos insólitos", "Em território inimigo", "Estorinha de Rubem Braga", "Meu amigo virou Deus": *Mistérios gozosos*. Rio de Janeiro, Rocco, 1994.

Coleção
PARA GOSTAR DE LER

Boa literatura começa cedo

A Coleção Para Gostar de Ler é uma das marcas mais conhecidas do mercado editorial brasileiro. Há muitos anos, ela abre os caminhos da literatura para os jovens. E interessa também aos adultos, pois bons livros não têm idade. São coletâneas de crônicas, contos e poemas de grandes escritores, enriquecidas com textos informativos. Um acervo para entrar no mundo da literatura com o pé direito.

Volumes de 1 a 5 – Crônicas
Carlos Drummond de Andrade, Fernando Sabino, Paulo Mendes Campos e Rubem Braga

Volume 6 – Poesias
José Paulo Paes, Henriqueta Lisboa, Mário Quintana e Vinícius de Moraes

Volume 7 – Crônicas
Carlos Eduardo Novaes, José Carlos Oliveira, Lourenço Diaféria e Luís Fernando Veríssimo

Volumes de 8 a 10 – Contos Brasileiros
Clarice Lispector, Graciliano Ramos, Ignácio de Loyola Brandão, Lima Barreto, Lygia Fagundes Telles, Mário de Andrade e outros

Volume 11 – Contos universais
Edgar Allan Poe, Franz Kafka, Miguel de Cervantes e outros

Volume 12 – Histórias de detetive
Conan Doyle, Edgar Allan Poe, Marcos Rey e outros

Volume 13 – Histórias divertidas
Fernando Sabino, Machado de Assis, Luís Fernando Veríssimo e outros

Volume 14 – O nariz e outras crônicas
Luís Fernando Veríssimo

Volume 15 – A cadeira do dentista e outras crônicas
Carlos Eduardo Novaes

Volume 16 – Porta de colégio e outras crônicas
Affonso Romano de Sant'Anna

Volume 17 – Cenas brasileiras - Crônicas
Rachel de Queiroz

Volume 18 – Um país chamado Infância - Crônicas
Moacyr Scliar

Volume 20 – O golpe do aniversariante e outras crônicas
Walcyr Carrasco

Volume 21 – Histórias fantásticas
Edgar Allan Poe, Franz Kafka, Murilo Rubião e outros

Volume 22 – Histórias de amor
William Shakespeare, Lygia Fagundes Telles, Machado de Assis e outros

Volume 23 – Gol de padre e outras crônicas
Stanislaw Ponte Preta

Volume 24 – Balé do pato e outras crônicas
Paulo Mendes Campos

Volume 25 – Histórias de aventuras
Jack London, O. Henry, Domingos Pellegrini e outros

Volume 26 – Fuga do hospício e outras crônicas
Machado de Assis

Volume 27 – Histórias sobre Ética
Voltaire, Machado de Assis, Moacyr Scliar e outros

Volume 28 – O comprador de aventuras e outras crônicas
Ivan Angelo

Volume 29 – Nós e os outros – histórias de diferentes culturas
Gonçalves Dias, Monteiro Lobato, Pepetela, Graciliano Ramos e outros

Volume 30 – O imitador de gato e outras crônicas
Lourenço Diaféria

Volume 31 – O menino e o arco-íris e outras crônicas
Ferreira Gullar

Volume 32 – A casa das palavras e outras crônicas
Marina Colasanti

Volume 33 – Ladrão que rouba ladrão
Domingos Pellegrini

Volume 34 – Calcinhas secretas
Ignácio de Loyola Brandão

Volume 35 – Gente em conflito
Dalton Trevisan, Fernando Sabino, Franz Kafka, João Antônio e outros

Volume 36 – Feira de versos – poesia de cordel
João Melquíades Ferreira da Silva, Leandro Gomes de Barros e Patativa do Assaré

Volume 37 – Já não somos mais crianças
Katherine Mansfield, Machado de Assis, Mark Twain, Osman Lins e outros

Volume 38 – Histórias de ficção científica
Edgar Allan Poe, H. G. Wells, Isaac Asimov, Millôr Fernandes e outros

Volume 39 – Poesia marginal
Ana Cristina César, Cacaso, Chacal, Francisco Alvim e Paulo Leminski

Volume 40 – Mitos indígenas
Betty Mindlin

Volume 41 – Eu passarinho
Mario Quintana

Volume 42 – Circo de palavras
Millôr Fernandes

Volume 43 – O melhor poeta da minha rua
José Paulo Paes

Volume 44 – Contos africanos dos países de língua portuguesa
Luandino Vieira, Luís Bernardo Honwana, Mia Couto, Ondjaki e outros

PARA GOSTAR DE LER 16 SUPLEMENTO DE LEITURA

NOME

ANO   ESCOLA

Porta de colégio

e outras crônicas

AFFONSO ROMANO DE SANT'ANNA

Com muito lirismo, e alguma ironia, o cronista e também poeta Affonso Romano de Sant'Anna destaca cenas do nosso cotidiano, colorindo-as de sensibilidade e reflexão... Agora, que tal pensar um pouco sobre as crônicas que você leu?

b) "O pseudônimo expressa a alma" ("Estorinha de Rubem Braga")

_____
_____
_____
_____
_____

c) "... Drummond não morreu. Apenas nos deixou a sós com os seus textos" ("Perto e longe do poeta")

_____
_____
_____
_____
_____

Esse trecho de "Porta de colégio" traz uma espécie de retrato da juventude, tal como o cronista a observa. Você acha que os pontos que ele levanta têm a ver com a juventude de hoje? Quais? E por quê?

_____
_____
_____
_____
_____
_____

na rodovia congestionada uma amostra do "rito do brasileiro esperto".

◯ É graças ao seu lirismo que o cronista capta a solidão toda especial do imigrante dinamarquês dos pampas e a importância de encontrar seu compatriota, em "O segundo verso da canção".

◯ É lírica a compreensão da intimidade especial que era possível de se ter com Drummond — não com a pessoa, tão reservada, mas com seus textos — em "Perto e longe do poeta".

Nas entrelinhas

Uma história, às vezes, traz coisas disfarçadas, que só lendo e relendo para descobrir. É uma leitura extra, algo a mais, que você não pode perder...

5 Affonso Romano de Sant'Anna, em sua apresentação, diz que o "eu" do cronista é de "utilidade pública". E, de fato, em várias crônicas ele faz críticas a comportamentos que vemos em nossa sociedade. Pensando nisso, numere os círculos de modo a completar adequadamente as afirmativas a seguir.

(1) Em certas crônicas, ele mostra como já nos acostumamos à violência e à insegurança, que se tornou banal, parte do cotidiano.

(2) Em outras, assinala como nos acostumamos a um enganoso raciocínio de levar vantagem em tudo.

Truques e segredos

A arte de contar histórias tem truques, segredos, uns jeitos especiais... Mas, se ler com atenção, você vai descobrir alguns deles...

1 Lembrando o tom geral das crônicas deste volume, identifique as opções que marquem características constantes dos textos de Affonso Romano de Sant'Anna.

◯ "Porta de colégio" e "Cumplicidade de mãe e filha" são textos — como diversas outras crônicas —, nos quais, a partir de cenas rápidas que vê na rua, o autor imagina desdobramentos e extrai toda uma reflexão de vida.

◯ Como em "O comício de um homem só" e "Conselhos durante um terremoto", o cronista sempre aposta no humor para atenuar a desgraça humana.

◯ Nessas duas últimas crônicas, como em outras, o que se evidencia é que o autor escreve com lirismo — ele se enternece pelo que vê — e isso torna extraordinárias as cenas que descreve, mesmo que algumas pareçam banais, outras duras e tristes.

◯ Por ele ter vindo do interior, o contraste entre a vida da cidade grande e suas origens é uma constante nas crônicas do autor, como em "Da minha janela vejo".

9 "Não é só a idade. É toda uma atmosfera, como se estivessem ainda dentro de uma redoma ou aquário, numa bolha, resguardados do mundo. [...] Vários já sofreram a pancada da separação dos pais. [...] Um ou outro já transou droga e com isto deve ter se sentido equivocadamente muito adulto. Mas há uma sensação de pureza angelical misturada com palpitação sexual."

Agora o cronista é você...

Arrisque! Crie! Escreva sua crônica!

10 Em "Porta de colégio" e em outras crônicas, o autor retrata um flagrante da vida, uma cena breve, sem conhecer nada a respeito de quem participa dela, e daí deixa a sua imaginação fazer histórias e sua sensibilidade armar reflexões sobre o significado profundo e exemplar daquilo que testemunhou. Experimente fazer a mesma coisa. Selecione uma cena que pode estar à sua volta, ou que tenha lhe chamado a atenção, recentemente, e... imagine... pense nos sentimentos e nos segredos daquelas pessoas... Escreva, em seu caderno, sua crônica-flagrante.

corda com essa opinião? Por quê?

_____
_____
_____
_____

7 A crônica "Conselhos durante um terremoto" é uma metáfora — o cronista, falando de terremotos, está se dirigindo a uma mulher, que está se separando do marido, e compara as duas catástrofes. A esse respeito, assinale as alternativas corretas:

◯ O cronista escreve: "A ruína nos dá lições de vida"... E a lição a tirar é que a necessidade, nas situações mais dolorosas, faz o ser humano aprender a reconstruir.

◯ A crônica inteira nos estimula a provocar terremotos para testar a solidez de nossos relacionamentos afetivos.

8 Há outras belas imagens, feitas com palavras, no decorrer das crônicas. Explique o que entendeu por...

a "Beijar em público: um dos ritos de quem assume corpo e idade"... ("Porta de colégio")

_____
_____
_____
_____
_____
_____
_____
_____